恋は暗黒。
十文字青
JUUMONJI AO Illustration: BUNBUN
[イラスト]
BUNBUN
3
JN082281

目次

CONTENTS

「――んひゃっ……」
「高良縊！」

「この景色を一生忘れない」
「僕も」

恋は暗黒。3

十文字 青

MF文庫J

口絵・本文イラスト●BUNBUN

恋は暗黒。

Ø1 心、届けて

高良縊想星（たからいそうせい）はどこにでもいる普通の高校生になりたかった。

（一対一じゃない、グループラインだし……）

気がつくと自室のほぼ中央で正座している。昔から姉に折檻（せっかん）される際には正座を命じられた。おかげで習い性になっている。

想星は立ち上がった。

握り締めているスマホのディスプレイが黒い。真っ黒だ。

タップしてロックを解除すると、グループライン「ぽてと会」の画面が表示された。

（グループライン——なんだけど、自分から話を切りだすってなると、やっぱり緊張する。どうしても……）

程なく想星はスクワットを始めた。

（迷惑じゃないかな、とかさ。考えちゃうよね。あすみんも、モエナさんも、忙しいかもしれないし。勉強とかさ。あと何だろ。テレビだとか、動画観（み）たりとか。ゲームとか。何かしてるかもだし。ていうか、寝てなきゃ何かやってるだろうし——寝てなきゃ？　そっか。そうだよ。寝てるって可能性も……）

時刻は午後九時を回っている。迷っているうちに日が暮れて、とうとう九時を過ぎてしまったのだ。

（熟睡してなくたって、ベッドで横になってうとうとしてるかもしれないわけだし。そんなときにラインの通知が来たらビクッてなって心臓に悪いし。ついイラッとして、苛ついたことが原因で自己嫌悪に陥ったりとか――ないか。あすみんもモエナさんも、そういう性格じゃないような……や、でも、わからないしね？　そうだよ。わからない……）

だいぶ心拍数が上がっている。Tシャツに汗がにじんできた。

（邪魔したくないんだよ。それだけは避けたいっていうか。嫌われたくない……まあ、それもあるけど。何だろうな？　僕ごときが、あすみんとかモエナさんみたいな人たちを邪魔するのは、間違ってるっていうか、許されないっていうか……）

屈伸運動の速度は徐々に上がっている。想星はもはや汗だくだが、まだまだ平気だ。スクワットなら五、六時間は休まずに続けられる。

後天的に獲得してしまったチートを除けば、高良縊想星はまったく凡庸だ。何の才能もない。そのことは仕事を通して痛いほど思い知らされてきた。

素質がないと、一流のアスリートや戦闘者には決してなれない。ただ、想星は病気らしい病気に罹ったことがないし、負傷しても死んで蘇れば治ってしまう。おかげで無理はきく。スクワットのような基礎的な運動にひたすら励んできたぶん、体力だけはある。

（気にしすぎなのかな？　気にしすぎなんだろうな。わかってるんだよ、僕だってそのくらいは。電話と違って、何かメッセージが来たときに都合が悪くても、あとで返せるのがラインのメリットなんだろうし。僕はあんまり、ほとんど使ってこなかったから、初心者っていうか……でも、あすみんもモエナさんも使い慣れてるはずで、そういうものってい う意識があるだろうから、こっちがそこまで考えなくたっていい――わかってるんだって、そんなことは！）

想星はスマホを床に置いて、腕立て伏せに移行した。

「ふっ、ふっ、ふっ、ふっ、ふっ、ふっ、ふっ、ふっ、ふっ、ふっ……！　ああ、だめだ、だめだ、だめだ！　逃げてる！　トレーニングに逃げこんじゃってる……！」

腕立て伏せをやめ、スマホを引っ掴んで汗に濡れた床に正座する。またスマホのディスプレイが黒い。真っ黒だ。タップしてロックを解除する。

「普通に切りだせばいいんだ――」

指を動かす。文字を入力する。

「普通に……」

想星は慌てて入力済みの数文字を削除した。

「普通……」

頭をひねる。

「その、普通……っていうのが――」

口から低い唸り声が漏れた。

「難しいんだよな。難しいんだよ……そもそも、だよ？　普通って、どういう感じなのかっていう。考えれば考えるほど、わからなくなってくる……」

やがて時が止まった。

想星は首を振る。冷たい汗が飛び散った。

「止まらない。時間は止まったりしないって。流れてるって。こんなことしてる間も刻々と。いいかげんメッセージ送らないと。明日は学校だし、今日中にやらないとだめなんだ。そうだよ。そうだ。普通っていうか、いつもどおりっていうか、自分にできる範囲で精一杯やればいい。どうせそれしかできないんだし――」

想星は腹をくくって文字入力を開始した。とうてい納得できる文面ではない。書き直したい。しかし、きりがない。

「送信……するよ？　しちゃうよ？　するんだ。しよう。送信――」

想星　羊本さんに関してご報告したいことがあります。よろしいでしょうか？

秒で既読になった。

「おっ……」
想星は目を剥いた。

あすみん　よろしいですかって…笑
もえなん　よろしいですけどもw

（この反応は――）
悪くはない。少なくとも、白森にせよ、モエナにせよ、眠りこけていたということはなさそうだ。想星は次のメッセージを入力した。

想星　堅苦しかったでしょうか。申し訳ありません。
あすみん　あやまんなくていいし！
もえなん　こっちこそ　いじってごめん
想星　いいえ
想星　とんでもありません。

（なんて――）

汗をかきっぱなしで体は冷えきっているが、目頭が熱くなった。
（やさしいんだ……二人とも……）

あすみん　で？
もえなん　報告って？
想星（そうせい）　実は
想星　羊本（ひつじもと）さんから伝言を言付かりました。
もえなん　え、高良縊（たからい）
あすみん　羊本さんの連絡先知ってるの？？

「っ――」
想星は息をのんだ。
（そ、そっか、伝言って、どういう形でって話にならないわけがない……のに、これっぽっちも予想してなかったとか。間抜けすぎないか、僕……でも、正直に言うしか……）

想星　いえ
想星　連絡先等は一切存じ上げないです。

あすみん　じゃ　会ったってこと??
あすみん　羊本さんと??
あすみん　どこで??
あすみん　いつ??
もえなん　あすみん…
もえなん　食いつきすぎ
あすみん　だってー!
想星　ポテパ後に
想星　家が近所なのです。羊本さんとは
想星　訂正します。近所と言う程近くはありません。
想星　駅が同じです。
あすみん　それで??
想星　駅の前で会いました。
あすみん　偶然??
想星　せんぽうちさ
想星　失礼しました。
想星　先方が伝えておきたい事があるとの事で僕を末弟

想星(そうせい)　待って
もえなん　落ちつけ！

何らかのキャラクターが日本茶らしきものを差しだすスタンプをモエナが送ってきた。
（そ、そうだ、落ちつけ……）
想星は数秒間瞑目(めいもく)して一呼吸した。

想星　落ちつきました。
想星　羊本(ひつじもと)さんは、謝罪しておいて欲しいとの事でした。
あすみん　なんで？？？　ポテパ　楽しかったけど…？
想星　自分だけ片づけをしないで先に帰った事を許して欲しいと。
もえなん　それか～
あすみん　ぜんぜんいいのに！
もえなん　ね
もえなん　でも　気にするか～…
あすみん　やぁ…　する？
もえなん　ちゃんとしてる人なら気にしてもおかしくないと思う

あすみん　あたしは　ちゃんとしてない！…てこと？
もえなん　あすみんはおおらかだから
あすみん　それ　褒められてる？？
もえなん　褒めてる　褒めてる
あすみん　やったぁー　嬉しい！

想星は顔面の筋肉が弛緩していることに気づいた。
（ほのぼのする……）

想星　羊本さんは
想星　ポテトチップスはとても美味しかった。忘れない、とも言っていました。
あすみん　忘れない？？？
想星　はい。そのように言っていました。
あすみん　そっか
もえなん　そっか
あすみん　カブった…笑
もえなん　思い出になったみたいで　何よりだよね

あすみん　だね
あすみん　ポテパまたやりたし
もえなん　なぜ古語ｗ
あすみん　やりたし！
もえなん　できるでしょ　その気になればいつでも　クラス同じだし
あすみん　だよね！　ポテパ以外でもいいし
もえなん　何パ希望？　羊本（ひつじもと）さん次第か〜
あすみん　どういうのが好きなんだろ？
あすみん　ＦＯＯＤ
もえなん　今度はなぜ英語ｗ
あすみん　とくに意味はない！　羊本さんが食べてるとこ思いだすと　ニヤニヤしちゃうー
もえなん　あぁ〜　たしかに
もえなん　かわいかったね　あのときの羊本さん
あすみん　べらかわいかった！
もえなん　べらって何ｗ
あすみん　Ｖｅｒｙ的な？

想星は思わず同意するメッセージを入力しはじめ、途中で消した。代わりに一人きりの部屋でそっと呟いた。

「ほんと、べらかわいかったよね……」

白森とモエナはまだやりとりを続けている。いずれも深い意味はおそらくない、たわいない言葉と言えばそうなのかもしれない。しかし、このコミュニケーションにはきっと意義がある。むしろ、コミュニケーション自体に価値があるのではないか。

（こういうのもたぶん、普通ってことだったりするんだろうな……）

高良縊想星はどこにでもいる普通の高校生になりたい。

（たくさんじゃなくてもいいけど友だちがいて、それなりにちゃんとしてたりもして、だからやっぱり、常識っていうものがあって——）

想星はひとりうなずいた。

「お礼、言わなきゃ。羊本さんに」

彼女が小学校の時計塔に現れなければ、どうなっていたことか。

木野下璃亜武の妹にすべての命を奪われていたかどうかはわからない。けれども、相当数の命を奪われていただろう。ひょっとしたら、想星は百十八回殺されて、本当に死んでいたかもしれない。

彼女は命の恩人だ。当然、感謝している。だとしたら、言葉にして表すべきだろう。

「ありがとうって、ちゃんと言わないと……」

†

　これ以上ないほど晴れに晴れきっている朝だった。

（言うんだ）

　高良縊想星は強い決意を胸に学校へと向かっていた。

（羊本さんに、ありがとうって。それから、あれだ。あすみんとモエナさんに例の件を伝えたことも、話さないと――）

　朝一番に登校して羊本を待ち伏せするという手も考えた。だが、想星としてはなるべく自然体で臨みたい。通常どおりなら羊本は教室に一番乗りしているはずだ。二番乗りか三番乗りくらいを目指すのであれば、そう不自然ではないだろう。

（たまたま早起きしちゃって。ちょっと早く家を出ちゃって。それで早く着いちゃって。うん。ある。ぜんぜんある。自然だよ。いける。いけそうな気がする――）

　迷いはなかった。地下鉄の駅を出るまではむしろ昂揚していた。

　学校に近づけば近づくほど、足どりが重くなってきた。

（……また避けられたりしないよね？）

まさか、と笑い飛ばそうとしても、想星の顔面は引きつるのみだった。

(羊本さんだしなぁ。何しろ、あの羊本さんだから。避けられる理由なんてたぶんないと思うんだけど、羊本さんの場合、やりかねないっていうか。それどころか、いかにもやりそうっていうか……)

校門を通過する頃には覚悟ができていた。

(羊本さんのことだから、おそらく避けられる。それはそれでね？　しょうがないっていうか。しょうがないのかな？　まあ、でも、羊本さんだし。その程度のことでいちいちショックなんか受けてたらやってられないって。うん――)

発想の転換だ。

(大丈夫。平気、平気。心構えさえできてれば、たいしたことないから。十中八九避けられるって思っておけば、ダメージ少ないし――)

まだ早いので、下駄箱は無人だった。想星はあえて羊本の靴を確認しなかった。彼女はすでに登校しているだろう。だが、きっと想星を避ける。どうせ面と向かってまともに話すことはできない。それならば、彼女が登校していようと登校していまいと同じことだ。

(そんなふうに考えとけば、気が楽だし)

想星は鼻歌交じりに靴を履き替えた。

(ポジティブシンキング――じゃないか。ネガティブシンキング……？)

物事を消極的、後ろ向きにとらえることで、少なくともリラックスできている。想星は鼻歌を歌いつづけながら下駄箱を離れようとした。

「何か楽しいことでも」

誰かに声をかけられるとは想像だにしていなかったので、想星は「いっ――」と奇声を発して跳び退いた。下駄箱の陰から音もなく彼女が出てきた。想星はさらにあとずさって、靴脱ぎから足を踏み外しかけた。危ういところでどうにか踏み止まった。

「わっ……なっ……」

どうして彼女がいるのか。下駄箱に。

ここに。

目の前に。

彼女は手袋をつけている。想星は真っ先にそのことを確かめた。

(――殺さ、れっ……!? やっ……そんなわけ……)

愚かな発想なのかもしれないが、突飛な思いつきとは言いきれない。

想星には経験があるからだ。彼女は実際に何度も想星を殺した。いともたやすく人の命を奪ってしまえる力が彼女にはある。ただ手袋を外し、素手で想星にふれるだけでいい。状況からして、彼女は想星を待ち伏せしていたようだ。不意討ちを狙っていた。そうとしか考えられない。

（――の、か？　な……？　不意討ち――って、なんで？　わざわざ学校で？　しないか。いくら羊本さんでも。え、じゃ、何？　どういうこと？　何がどうなってるの……？）

「鼻歌が聞こえた」

羊本は目を伏せて平板な声音で言った。

「鼻歌らしきものが。わたしの聞き違えだったとしたら、ごめんなさい」

「あっ、いやっ……」

想星はむやみやたらと首を振ったり、手を振り回したりした。

「き、聞き違えじゃない……よ？　鼻歌、歌ってたし。た、楽しいことがあったわけじゃ、ないんだけど。やっ、ポテパは楽しかったけど！　それは話したっけ。そうだ、もう話したよね、あの日、そのことは……」

「話した」

羊本はこくりとうなずいた。不意に白森がライングループで使った表現が想星の脳裏に浮かんだ。

（べらかわいかった……）

白森は羊本がポテトチップスを食べている様についてそう評したのだった。

べらかわいい。

べら＝Ｖｅｒｙ＝とても、だという。

とてもかわいい。

（や、でも、単なる「とてもかわいい」とは、ちょっとニュアンスが違うような気がするんだよな。べらかわいい……）

羊本(ひつじもと)の箸使いは注意深く丁寧だった。大袈裟(おおげさ)に言うと、彼女が割り箸を扱うと高級な塗り箸のように見えた。彼女は無理なく口に入る大きさのポテトチップスを選んだ。その所作は控えめだった。そこはかとなく気品すら感じられた。咀嚼(そしゃく)の仕方は慎み深かった。そして、彼女は目をつぶった。念入りに、心してポテトチップスを味わっていた。

（何だろうな。無心っていうか。人間より、小動物が木の実か何かを食べてる感じに近いっていうか……いやあ、そうじゃないな、違う、何なんだろ、ようするに——とにかく、べらかわいい……）

羊本は上目遣いで想星(そうせい)を見て、少しだけ首を傾(かし)げた。

「どうかした」

「いぃいぃいぇえっ!?　どどっ、どうもしませんっ……けど、も……」

想星は猛烈にスクワットがしたかった。

（もちろん、しないけど——）

今いきなりスクワットを開始したら、明らかに異様だ。客観的に見て、異常者の所業以外の何物でもない。

（だいたい、なんでスクワットしたくてたまらないのかも、我ながら謎だし……）

窮余の一策として、想星は深呼吸をした。自分では深呼吸をしているつもりなのだが、呼吸が深くなってくれない。おかげで高速で息継ぎを繰り返す羽目になった。

羊本が眉をひそめた。

「大丈夫」

語尾は上がっていないが、大丈夫かと彼女は訊いてくれた。心配させてしまった。彼女に心配されるようなひどい様相を、想星は呈しているのだ。

「だ、だだだっ、大丈夫……」

想星は自分の胸を拳で何度か打った。これまた奇行の部類に入ってしまいそうだ。それでも、高速連続息継ぎやスクワットよりはいくらかましだろう。

「――あぁっ！　そうだ！　ええと、お、お礼！　お礼を言いたかったんだ、僕、言いたかったっていうか、言わなきゃ、人として！　言えなかったっていうか、言ってないから、ありがとう、羊本さん、おかげでその……」

「お礼」

羊本は呟いて、横を向いた。

「何のこと」

「えぇっ!?　だからそれは、あのときの……」

想星はあたりを見回した。周囲に他の生徒はいない。しかし、広い下駄箱空間のどこかで靴を履き替えている生徒が皆無とは言いきれない。いてもおかしくはない。

「た──すけて、もらった、から……羊本さんは僕にとって、恩人っていうか……」

「心当たりがない」

羊本は顔の向きを変えた。もう真横どころか斜め後ろを向いている。意地でも誤魔化し通して認めないつもりなのだろうか。

(むきになってる──)

想星は震えた。

(何、この人。べらかわいいんですけど……)

羊本をべらかわいいと褒め称えた白森明日美も大変かわいらしい女性だ。ただ、羊本のかわいらしさは種類が異なる。どう異なるのか。

(羊本さんは、わざとらしさがまったくなくて……まあ、あすみんだってそんな感じはしないんだけど──それにしても、何だろうな、そもそも枠が違う、みたいな……)

たとえば、獰猛な野獣がふとしたときに可憐な仕種を見せたりする。彼らは当然、媚びやへつらい、あざとさとは無縁だ。見る側の人間が勝手に可憐だと感じている。それだけのことでしかない。

(なんか、羊本さんを見てると、無性に──)

守りたい。
どこからかそんな気持ちが湧き上がってくる。
是が非でも彼女のことを守らなければならない。
もっとも、事実関係としては、彼女が想星を救ってくれたのだ。想星が守ってやらねばならないほど、彼女は弱くない。むしろ強い。敵に回したらすこぶる危険な相手だ。
あの恐ろしいチートだけではなく、危機察知能力や身体能力も高い。彼女との真剣勝負は、山中で武器も持たずにヒグマと対決するのと大差ないだろう。すなわち、彼女は獰猛な野獣同然なのだ。ところが、ここは山奥でもアマゾンの密林でもサバンナでもない。校内だ。人間たちが通う高等学校の中を、恐ろしい野生の動物がうろついていたりするものだろうか。ありえない。本来は。

（しかもかわいい。ていうか、べらかわいい。ありえない――）

「例の件」

羊本が斜め後ろに顔を向けたまま言った。

「伝えてくれた」

「へっ……」

想星は我に返った。といっても、ずっと羊本を見つめていた。凝視していたのだが、思考は彼方(かなた)に飛んでいた。とはいえ、羊本のことを考えていた。

（例の件、伝えて——そっか、あれか、頼まれてた——）

想星は力強くうなずいた。

「う、うん」

矢継ぎ早に五回もうなずいたせいで、首に多少の痛みを覚えた。

「つ、伝えた。二人に。ラインで。気にしてなかったよ。二人とも」

「そう」

「うん」

またうなずいてしまった。想星は首の後ろを押さえた。

（いくらなんでも、うなずきすぎにも程があるんじゃない？　僕……）

羊本はようやく斜め後ろから正面に顔の向きを変えた。

「よかった」

小さく息をついたように見えた。安堵しているらしい。想星までほっとした。

「またやりたいねって言ってた、ポテパ！　あ、べつにポテパ限定じゃなくて、他のことでもいいと思うんだけど——」

羊本が下を向いてきゅっと唇を引き結んだ。想星は血の気が引いた。

（なんか僕、声大きすぎ？　テンション高すぎ？　余計なこと言った？　先走りっていうか、踏みこみすぎっていうか——やらかしちゃった……？）

下駄箱(げたばこ)の角に頭を打ちつけたい。

(しませんけど……)

あたりまえだ。豆腐の角ならともかく、下駄箱の角に頭をぶつけたりしたら、出血くらいは余裕でするだろう。立派な自傷行為だ。いや、立派でも何でもない。大迷惑だ。

羊本は困惑しているらしい。想星のせいだ。羊本を困らせてしまった。

「あぁぁえぇと、そんな、なんていうか、えぇ、そういうつもりは――」

弁解できるあてもなく弁明しようとしたところ、後ろから「ほはよふー」と気の抜けた声が飛んできた。というか、ふわりと漂ってきた。

振り返ると、同じクラスの男子学生が長すぎる袖を揺らして歩いてくる。いつもながらふらふらした足どりだ。

「……おはよう、美島(みしま)くん。じゃなくて、みっしー。あっ――」

想星は慌てて前に向き直った。いない。

羊本がいなくなっていた。

「え、ちょ、ひっ……」

あたりを見回して捜してみたが、影も形もない。

(何秒か目を離したうちに――)

「そーちゃん、どしたーん?」

美島曜が靴を履き替えながら訊いてきた。

「や、なん……でも……」

想星が頭を振ってみせると、美島はふにゃっと笑った。

「変な顔ー」

(でしょうね……)

想星は自分が右目を閉じ、唇の左端を引き下げていることに気づいていた。何がどのように作用して、こんな有様に成り果てているのか。定かではない。

美島はほよほよと歩み寄ってきて、袖に隠れている手を想星の肩にそっと置いた。

「よくわかんないけど、そーちゃん――」

そこまでは声を発していたのに、その先は口だけ動かした。

げ、ん、き、だ、し、て。

この同級生の思考を読みとるのはきわめて難しいが、どうやら彼なりに気遣ってくれているようだ。想星は渾身の力を振りしぼってうなずいた。

「……はい」

†

羊本(ひつじもと)くちなは普通の高校生になりたいなどと思ったことは一度もない。

（そんなの、無理――）

朝の廊下は高校生たちの話し声や笑い声で騒がしい。

くちなはうつむき加減で歩く。彼ら、彼女らの顔を、くちなはなるべく直視しないようにしている。

しっかり見なくても、周囲の様子を把握することはできる。押し合いへし合いしているような状況ではさすがに無理だが、多少の雑踏なら目をつぶっていても誰にもぶつからずに進める。チートではない。基礎的な体術、行動術の訓練は受けた。受けさせられた。それに加えて、自然と身についた。くちなには必要だったからだ。

最低限、これくらいのことはできないと、意図せず人を殺してしまいかねない。

（べつに見たくないし――）

とりわけ人びとの笑い顔が苦手だ。

（何がそんなに楽しいの？）

きっと楽しいのだろう。

彼ら、彼女らのように、のほほんと生きていれば。

（……うらやましい）

口に出したりはしない。言う相手もいない。しかし、くちなは自覚していた。

（わたしは妬んでいる。たぶん、憎んでさえいる。その気になれば……その気がなくても、少しふれただけで普通の人たちを殺してしまう、わたしみたいな――）

怪物。

自分自身をそう見なすようになったのは、いつからだろう。

（怪物の分際で、妬んだり、憎んだりするなんて……）

我ながら、度しがたい。

「昨日、妹がね――」

廊下の壁際で女子生徒が友人と話しこんでいる。宇藤つぐみ。あの女子生徒とは一年のとき同じクラスだった。今は二年三組。隣のクラスだ。

「てか、どっちの妹？」

と友人の女子生徒が宇藤に尋ねる。その女子生徒とは同じクラスになったことがない。たしか二年一組の生徒だ。宇藤と仲がいいようで、よく廊下で話している。

「あぁ、二番目、二番目」

宇藤は五人姉妹の次女だ。長女は大学生で、来年卒業。三女の妹は中三で、四女のほうは中二。一番下の五女はまだ小学校三年生のはずだ。

「ミサちゃんか」

友人が四女の名を出す。ミサことミサキは活発で、陸上部に所属していると宇藤が言っていた覚えがある。――めちゃくちゃ日焼けして、真っ黒だよ。でも脚が速いだけじゃなくて、めっちゃ長いんだよね。マジで体の半分くらいあって。きれいなの。

（なんで、こんなこと……）

口をきいたことすらない宇藤が妹について語っていた内容を、やけにはっきりと覚えている。そんな自分がいやになる。

くちなは二年生の教室が並ぶ廊下を通り抜けて階段を下りた。

去年の春、教室で宇藤が友だちに囲まれていた。兄弟が多い生徒がその人数を競っていて、五人姉妹の宇藤には誰も勝てなかった。五人ってすごいよね。誰かにそう言われると、宇藤は気色ばんで反論した。もっと多い家もあるし。ぎりぎり大家族じゃないし。いやいや、普通に大家族だって。みんな笑っていた。

（姉か妹が欲しかった――）

そんなことを考えた記憶が蘇る。

（わたしは一人だったから。ずっと一人だったし、これからも一人だから……）

自分には何もない。誰もいない。

不公平だ。

そう感じた。

（不公平だとしても、公正なのかもしれない）

一組の男女が階段を上がってくる。二人は腕を組んでこそいないが、肩を寄せ合っていた。きっと交際しているのだろう。二人ともくちなに注意を向けていない。二人に気づかれる前に、くちなは階段の端に寄った。すれ違う間際、二人はくちなを一瞥した。誰かいたんだ、というふうに。

（わたしを産んだせいで、母は死んだ。父のことはわからない。こんなふうだから、わたしは人殺しを。仕事を辞めようとしたせいで、嘉津彦さんと芳美さんは。公平に……幸せに暮らす資格なんて、わたしにはない——）

くちなは悔いていた。

（楽しかった。高良縊くんと、白森さん。茂江さん。林くん。それと、わたし。あんなふうに過ごした時間は、生まれて初めて）

思い出が甘ければ甘いほど、頭にこびりついた後悔は苦く、途方もなく苦くなる。

（ああ……こういうこと——）

いつか檻の中であの男に言われたことを思いだした。

比喩でも何でもない。くちなは本物の檻に囚われていた。屋内に設えられた鋼鉄製の頑丈な檻だ。檻の中にもう一つ小さな檻がある。外部の装置で解錠されると、その小さな檻には中からも外からも出入りできた。世話係は小さな檻まで入ってきて、くちなの食べ物や水などを床に置くと、すぐに出ていった。

日に一度か、数日に一度は、あの男が顔を見せた。

あの男が世話係に命じて、白い皿に載った食べ物を小さな檻の中に差し入れさせた。当時のくちなにはわからなかったが、あれはショートケーキだった。くちなは四つん這いになって皿に顔を近づけ、その匂いを嗅いだ。見る間に口の中が唾液で一杯になった。

『食べたいかい、くちな』

あの男に訊かれた。くちなは即座にうなずいた。

正直、食べられるものなら何でも食べたかった。くちなはたいてい餓えていたし、渇いてもいた。飲食物はただではもらえない。必ず何かと引き換えだった。世話係や教育係、そして、くちなの飼い主であるあの男の言うことを聞かなければ、水を一口飲むことすらできなかった。

それにしても、その食べ物は飛び抜けて魅力的だった。いつも与えられていた硬いパンや粥のようなもの、塩気のあるスープ、ぬるい水、何か生臭い白い飲料、変な味のする錠剤とはまったく違う。めったに出てこない、一番満足感のある焼いた肉よりも、ずっと食欲をそそられた。

『本当に？』

あの男は笑みを浮かべて尋ねた。

『食べてもいいのかな？』

『――本当に？』

『それはね、くちな――』

『とてもおいしいんだ』

『じつを言うと、私もそれが大好きでね』

『彼はすばらしいパティシエなんだ。わからないかな。知らない言葉だろうね。パティシエ。フランス語だ。菓子職人のことだよ』

『私の知り合いでね。友人と言ってもいいかもしれない。彼がつくる菓子は、どれもこれも最高でね』

『私は美食家でも食通でもない。しかしね。好みはあるし、自分なりの評価軸というものは持っている。その人物に才能があるかどうかは判断できる』

『彼は非常に腕がいい。センスがある。天才なんだろうね』

『いいんだよ、くちな――』

『食べたければ食べるといい。それを食べたとしても、私は咎めはしないよ』

『でも、いいのかい？』

『本当に？』

『食べる前に、一つ、考えてみて欲しい』

『もし、それを食べてしまったら』

『誓ってもいいが、絶対にまた食べたくなるだろうな。食べたくて、食べたくて、たまらなくなるだろう。それを食べるためだったら、何だってするだろうね』

『そんなことはないと、思うかもしれない』

『――いいや』

『賭けてもいい』

『この賭けにくちなが勝ったら、どんな願いでも叶(かな)えてあげよう。私が負けることはないがね。わかるんだ』

『私にはわかっている。さあ――』

『一つ、考えてごらん』

『本当に、いいのかい？』

ずいぶん前の出来事だ。当時、くちなはまだ幼かった。あの男が何を言わんとしているのか、明確には理解できなかった。ただ、これだけはわかった。

食べたら大変なことになる。どれだけ食べたくても、それを食べてはいけない。

だから、我慢した。

『いらない』

くちなが告げると、あの男は満面に笑みをたたえて言った。

『それでいい』

よかった。

くちなはそう思った。自分は間違えなかった。これで罰はない。

(食べちゃいけなかった――)

それなのに、くちなはつい食べてしまった。ショートケーキではない。くちなが口にしたのはポテトチップスだった。

『もし、それを食べてしまったら――』

あの男が笑っている。

『誓ってもいいが、絶対にまた食べたくなるだろうな。食べたくて、食べたくて、たまらなくなるだろう。それを食べるためだったら、何だってするだろうね』

食べなければよかった。やはり食べるべきではなかったのだ。

『――わかるんだ』

見すかされている。

『私にはわかっている』

何もかも。

所詮、あの男から逃れることはできない。

くちなは下駄箱(げたばこ)に差しかかろうとしていた。突然、心臓が爆(は)ぜた。そう錯覚するほどの衝撃を受けた。

向こうから白森明日美と茂江陽菜が歩いてくる。

くちなはとっさに踵を返そうとした。そのときだった。

「あっ！」

白森が弾むように跳び上がって手を振った。

「羊本さん、おはよ！」

「っ――」

聞こえなかった。見えていなかった。そういうことにして、知らんぷりをすればいい。

手遅れだ。

くちなは棒立ちになっている。目を瞠って白森とモエナこと茂江を見すえている。

「羊本さん？」

白森が手を上げたまま小首を傾げた。モエナも眉根を寄せて訝しげだ。

（どうして……先に気づけなかったの？）

相手は素人だ。玄人ならともかく、ずぶの素人に先手を打たれるとは。とんでもない失態だ。なぜこんなことが起こったのか。これが仕事中なら、場合によっては取り返しがつかない。

くちなはあとずさりした。

（挨拶くらい……）

そうだ。一言挨拶をすればいい。おはようとか、何とか。それでこの場は切り抜けられる。たいしたことではない。できる。羊本くちなでも、挨拶程度なら、

（——無理）

挨拶をして、それですむとは思えない。とくに白森は、恐ろしいほど人懐こい女子生徒だ。恐ろしいほど。恐ろしい。くちなは紛れもなく恐怖を感じていた。

高良縊想星との関係も何やらややこしい。けれども、高良縊だけならば、こんな有様にはなっていなかったのではないか。

白森明日美。

彼女が絡んできたせいで、えらく厄介なことになっている。

くちなは歯を食いしばった。白森は振っていた手を下ろすか、下ろすまいか、迷っている様子だ。目を泳がせ、わずかに顔をしかめている。あの表情は何だろう。不快なのか。愉快ではないはずだ。悲しんでいる。そんなふうにも見える。誰かが白森を悲しませている。だとしたら、犯人は一人だ。くちなに違いない。

とても耐えられなかった。くちなは思いきって白森とモエナに背を向けた。自分の足音がずいぶん大きい。くちなは歩いている。いや、駆けていた。

振り返りたくてたまらない。

（何のために？）

白森は追ってこない。追いかけてくるはずがない。きっと呆気にとられているだろう。怒っているかもしれない。腹を立てているに違いない。

（嫌われた――）

望むところだ。白森に嫌われてしまえば、事態は単純になる。白森は二度とくちなに関わってこないだろう。ついでに、彼女の友人であるモエナも。林雪定はおまけのようなものだから、考慮しなくていい。高良縊は何か言ってくるかもしれないが、一対一なら殺してしまえばいいのだ。

（高良縊くんは、殺しても死なない。近づいてこなくなるまで、何回でも殺せばいい。あきらめるまで。――いいかげん、嫌われるまで……）

どうしてだろう。

白森明日美にはおそらく嫌われた。

高良縊想星にも嫌われてしまえばいい。

そう考えると、胸の奥のほうが疼く。胸だけではない。痺れにも似た痛みが、体中を駆け巡る。

『もし、それを食べてしまったら、誓ってもいいが、絶対にまた食べたくなるだろうな』

あの男の言葉は正しい。認めざるをえない。

『わかるんだ。私にはわかっている』

ひょっとしたら、こうして今、学校中をあてもなくうろついていることさえ、あの男は把握しているかもしれない。

(それは、ない――はず……)

たとえば、あの男が高良縊想星(たからいそうせい)について言及したことは一度もない。知っていたら、さすがに何か言ってくるはずだ。

(あえて黙っているだけかも……)

くちなは特別教室が並ぶ棟の廊下で足を止めた。息が上がっているわけでもないのに、苦しい。首を締め上げられているかのようだ。

(あの男は思わせぶりだから。わざとそうしている。勘ぐらせて、不安にさせて、振り回して、操ろうとする――)

あの男の手口だ。自分の手を汚さない。何もかも他人を使う。そのために飼い馴(かな)らす。取引をする。脅す。手段を選ばない。徹底的に利用する。

廊下は無人だ。そのうちチャイムが鳴る。朝のホームルームが始まるまでに教室に戻ればいい。ぎりぎりでいいだろう。さもないと、白森(しらもり)や高良縊に声をかけられる可能性もないとは言えない。

(でも、白森さんには、嫌われただろうから――)

また胸が痛んだ。白森の悲しそうな顔が脳裏に浮かぶ。

（ごめんなさい……）

　くちなは目をつぶった。

（きっと――夢を見る。白森さんや、茂江さんを殺してしまう夢。白森さんや茂江さんは、高良縕くんとは違う。一度でも殺してしまったら、それでおしまい。あたりまえだけど。わたしは二人を殺してしまう。十分ありうる。近づかないほうがいい。近づいていいわけがない。迂闊だった。間違いだった。ぜんぶわたしのせい。ごめんなさい……）

　目を開け、後ろを向いた。何かを感じたからだ。振り向く前に、そんなはずがないと思いはした。廊下は静かだった。誰か歩いてきたらすぐに気づく。くちなは素人ではない。

　男子生徒だった。目を細め、口許を微かにほころばせている。

　彼の印象を一言で言えば、清潔感がある。もっと言えば、清潔すぎる。

　くちなが知る限り、髪型がまるで変わらない。にきびができているところも見たことがない。汗臭さや体臭を気にしてか、香水のようなものをつけている男子もそれなりにいる。彼はたぶん、何の匂いもしないだろう。

「羊本さん」

　林雪定は少しだけ首を曲げた。くちなは彼の一挙手一投足をやけに用心深くうかがっていた。意図的にそうしていたのではない。無意識だった。

（殺せない――）

もちろん同級生の命を奪う理由はない。ただ、殺せるか、殺せないか、という基準で他者を判別する癖が染みついている。だから、これはくちなにとって異常な思考ではない。

判別の結果は意外だ。

林雪定(はやしゆきさだ)は何ということもなく突っ立っている。腕も脚もまっすぐのびていて、腰高の姿勢だ。案山子(かかし)とさして変わらない。無防備だ。

それでいて、隙がない。

殺しはしない。万が一にも殺すことはないが、どうしてか殺せそうにない。

林は、ふっ、と鼻を鳴らした。

「また逃げ回っているの?」

くちなは目が眩(くら)んだ。顔が熱い。頭に血が上ったのだ。

(殺したほうが……?)

本気ではない。一瞬、よぎっただけだ。無視して立ち去ればいい。

なぜ黙っていられなかったのか。とにかく、言い返さずにはいられなかった。

「逃げてなんかいない」

「そっか」

林は軽く肩をすくめた。それだけだった。あっさり引き下がって、踵(きびす)を返した。

遠ざかってゆく後ろ姿を眺めていると、いつでも殺せそうな気がしてきた。音を立てずに襲いかかって、首筋かどこかにふれるだけでいい。何度も検討してみた。やはり失敗するとはとても思えない。

そのうち林は階段を下りて見えなくなった。

（さっきのは——精神状態のせい？　それで判断がくるった……）

たしかに平静ではなかった。

（簡単に殺せる相手でも、平常心を失っていたら——）

くちなは壁に寄りかかった。

平常心でたやすく人殺しができる。そんな人間はまともではない。

（自分がまともだと思ったことなんか、一度もない。一秒たりとも……）

そろそろチャイムが鳴る。白森や高良縊と顔を合わせたくはない。それなのに、くちなは教室に向かうつもりでいる。

「何なの……」

†

昼食後の渡り廊下はそこそこ人通りがある。好天のため、渡り廊下から望めるグラウンドでボール遊びなどに興じている生徒も少なくない。高良縊想星と白森明日美、モエナこ

る者たちもいる。

と茂江陽菜、そして林雪定のように、胸壁にもたれたり頬杖をついたりして、談話してい

「どうしたらいいんだろ……」

白森は胸壁に背を預けてうつむいている。

（本当に、どうしたらいいんだか……）

想星としても何か建設的な提案をしたいのだが、一向に浮かばない。

「ねえ……」

相槌を打つのが精一杯だった。

「いなくなっちゃうしね、羊本さん」

雪定の口調は深刻なものではない。見ると、雪定は想星の隣でグラウンドのほうに目をやり、微笑んでさえいる。

「席についてるの、授業中だけだからなぁ。さっきも昼休みになった途端、ささっと出ていっちゃったし。あれは素早かったな」

「……なんか、若干おもしろがってない？　雪定……」

「そう？」

雪定は横目で想星を見て、片手で口を覆った。

「そんなことはないと思うけど」

「林って、基本、楽しそうにしてるよね」

モエナはなんだか不満そうだ。雪定はうなずいた。

「わりと毎日、楽しいからね。逆に、楽しくないことって、そんなにあるかな」

「あるでしょ？」

モエナのつやつやした頬が膨らんでいる。

「こないだも、テレビで誰かが名前出したせいで、月一でネットで買ってる大好きなお菓子が売り切れになっちゃって！　それ以来、ぜんぜん買えなくなってるし！　超定番のスナック菓子が東日本で販売停止になった事件なんて、悲劇以外の何物でもないし！　大悲劇だよ！」

「ぜんぶ食べ物！」

白森が指摘すると、モエナは胸を張って腰に手を当てた。

「そうですけど、何か!?　飴食べる!?」

「食べるー！」

「はい！」

モエナは一分の無駄もない動作でポケットから飴を出し、白森に手渡した。白森だけではない。モエナは想星と雪定にも飴をくれた。

「はい高良縊！　はい林も！」

白森と想星、雪定はそれぞれ礼を言って、透明な個別包装を解いた。今日の飴はフルーツの形をしている。白森はイチゴ、想星はラズベリー、雪定はレモンだろうか。

「え、この飴、初めて見た」

白森はイチゴの飴を口に入れた。目を見開いた。

「わっ！　うっまっ！」

レモンの飴を食べた雪定が相槌を打った。

「風味が飴っぽくなくて、ちょっと変わってるね」

想星がもらった飴も、ラズベリー味の飴というより、ラズベリーの味がする飴だった。

「おいしい……」

「ドイツの飴なの」

モエナは満足げだ。

「瓶に入って売られてて、それがかわいいんだけど。味も日本の飴とは少し違うでしょ。当然、日本の飴もおいしいんだけどね。ていうか、日本の飴は世界に冠たるおいしさだから。飴だけじゃないけど」

「瓶入り？」

雪定は掌上の透明な個別包装のフィルムに目を落とした。

「じゃ、これは？」

「あたしが包んだ」

モエナは雪定の手からさっとフィルムを回収した。立て続けに、想星と白森からもフィルムを奪い取り、手早く畳んでポケットに突っこんだ。

「ありがとう。茂江さんはまめな人だね」

雪定が笑いかけると、モエナはそっぽを向いた。

「好きでやってるだけ！　どうせならおいしいもの食べたいし、食べさせたいし！　あと、茂江さんってやめて欲しいかな。茂江ではあるけど、モエナって呼ばれるほうがもう慣れちゃってるから。それに、けっこう気に入ってたりもするし」

「おれもモエナって呼んでいいの？」

「だめだったら言わないってば」

「そっか。そうだよね、モエナ」

「いきなり呼び捨て……？」

「よくなかった？」

雪定は平然としている。モエナは、信じられない、とでも言いたげな顔つきで雪定を見つめたが、すぐに目を逸らした。

「いいけど……」

（――まあ、考えてみれば、愛称にさん付けとかっていうのも、微妙に変……）

想星は首をひねった。

（なのかな……どうなんだろ。なんとなく呼び捨ては抵抗があるから、僕はモエナさんって呼んでるけど。あすみんだって、まだしっくりこないし……）

「あっ、そうだ」

白森がスカートのポケットからスマホを取りだした。

「林、ラインやってる？　あたしたち、『ぽてと会』っていうグループ作ってるんだけど、入らない？」

「ポテパ関係の？」

雪定もスマホを出した。モエナもスマホを手にしているので、想星も倣った。間もなく雪定がぽてと会に参加したことがわかった。

林雪定　みんな、よろしく。
あすみん　よろしくね！
もえなん　よろん～
想星　今後とも宜しくお願い致します。

「想星、堅っ！」

白森がころころと笑った。モエナは苦笑している。

「高良縊、礼儀正しいのを超えて、もはやギャグっぽく感じるんだよね」

「……そういうつもりはないんですが」

想星は目を伏せて人差し指と親指で鼻の頭をつまんだ。図らずも敬語気味になってしまったので、すかさず言い直した。

「ないんだけど、そういうつもりは、一切……」

林雪定　想星は真面目なんだよね。個人的にはそこがいいところだと思う。

「――ラインで言うことなくない？　ここにいるんだし……」

「え？」

雪定はくすくす笑った。

「面と向かって褒めたほうがよかった？」

「や、違っ……」

「てか、林、文字入力速っ！」

モエナが目を瞠った。

「少し得意なんだ」

雪定はそう言いながらスマホ上で指を滑らせた。

林雪定　寿限無寿限無五劫のすりきれ　海砂利水魚の水行末雲来末風来末
林雪定　食う寝る処に住む処　やぶらこうじのぶらこうじ
林雪定　パイポパイポパイポのシューリンガン、シューリンガンのグーリンダイ
林雪定　グーリンダイのポンポコピーのポンポコナーの長久命の長助

雪定はほぼ一瞬でグループラインに以上のメッセージを送った。

モエナは口をあんぐりと開けた。

「すっごっ……」

「んんー」

ふと白森が表情を曇らせた。スマホを指でさわる。何か入力しているらしい。

あすみん　羊本さんもぽてと会に入ってもらえないかなぁ
あすみん　入ってくれたらいいのになぁ。。。

「しゃべりづらいことでも、メッセージなら伝えられたりするよね」

雪定はさらりと口に出して言った。

林雪定　そもそも、羊本さんはスマホ持っているのかな?
林雪定　おれは彼女がスマホを使っているところを見たことがないけど。

表示されたタイミングから考えると、雪定は話しながら入力したらしい。器用だ。

「……どうだろう」

想星は記憶をたぐってみた。

「僕も見たことない……かも?」

さすがにスマホかそれに類するものを所持していないということはないだろう。

(仕事の連絡とかにも使ったりするはずだしな。……羊本さんは、どうやって仕事を受けてるんだろ。とはいえ高校生なんだし、何から何まで一人でぜんぶっていうのは、難しくないかな……)

『好きでやっている仕事じゃない』

たしか彼女はそう語っていた。

『やらされてきたの。やるしかなかった。今もそう』

雇い主のような存在がいて、強制されている。彼女のチートからして、実行役を任されているのではないか。

（僕のは姉さんが用意する改造されたスマホだけど。仕事の連絡なら、秘匿回線でそれしかできない専用端末でもいいわけだし……）

林雪定　まずは羊本さんがスマホを持っているのかどうか、確かめるのはどうかな。

林雪定　一般的な質問だし、比較的ハードルが低いと思うよ。

「いいんじゃない？」

モエナが同意した。先刻、想星たちに飴をくれた際、彼女自身は食べなかった。それなのに、今は右頬が丸く出っぱっている。十中八九、飴だろう。いつの間に口に入れたのか。想星は察知できなかった。

「じゃ、そういうことで！」

白森の顔が仄かに上気している。意気込みがすごい。嘘のようにきらめく彼女の両眼は直視しがたいものがある。想星のような者には鑑賞する資格がない気がしてならないのに、つい見入ってしまう。

林雪定　放課後かな。

林雪定　というか、授業が終わって帰りのＨＲが始まる前がいいかもね。
林雪定　帰りのＨＲが終わったら羊本さんすぐに教室から出ていっちゃいそうだし。

想星は、なるほど、とメッセージを入力しかけて、途中で手を止めた。

「……雪定、しゃべったら？」

「ふふ」

雪定は低く笑ってスマホをしまった。手をポケットから出したあとに、グループラインにメッセージが届いた。

林雪定　ごめん、ごめん。
林雪定　話せるときは話したほうがいいよね。
林雪定　これからは気をつけるよ。

白森が「えっ！」と叫び、モエナは何回もまばたきをしてスマホを見直した。

「どうやったの……!?」

想星が尋ねると、雪定は立てた人差し指を唇に当ててみせた。

「内緒」

†

六時間目は英語だった。英語コミュニケーション担当の吉原(よしはら)先生は、いつもチャイムの直前に授業を締めて、あっさり教室を出てゆく。

吉原先生が教科書を閉じた。そろそろだ。

想星は白森やモエナ、雪定と素早く目を見交わした。

「今日はここまで(That's all for today)」

吉原先生は英語でお決まりのフレーズを告げるなり、教科書などを小脇に抱えて教卓を離れた。

間髪を容(い)れず、想星は席を立った。白森とモエナ、雪定もほとんど同時に立ち上がっていた。

振り返って、窓際一番後ろの席を見ると、すでに羊本くちなはそこにいなかった。

「うっそ……」

想星は思わず呟(つぶや)いた。

吉原先生が教室のドアを開けた。前のドアから教室を出ようとしている。まだ出てはいない。

羊本(ひつじもと)は後ろのドアに手をかけていた。しかも、鞄(かばん)を持っている。

「ちょっ――」

想星(そうせい)が呼び止めようとしたときにはもう、羊本は後ろのドアを開けて廊下に飛びだしていた。

「何です(Yes)?」

吉原先生が振り向いた。

「あ、いやっ……」

想星は反射的に、あんたじゃないよ、と言いそうになった。先生に向かって、あんた、はない。

「ち、違います、何でもないです……」

吉原先生は不審そうだったが、そのまま教室から出ていった。

白森(しらもり)とモエナは開け放たれた後ろのドアを呆然(ぼうぜん)と見つめている。

雪定(ゆきさだ)は後ろのドアに近づいていった。外をちらっと見てから、想星に向き直って首を振ってみせる。

「ええ……」

想星は椅子に腰を下ろした。座ったというより、へたりこんでしまった。

「まだ帰りのホームルーム……」

†

担任の大平先生は、羊本くちなの不在に気づいて、やや特徴のある籠もった声で「あぁーれぇー？　羊本はどうしたんだぁー？　誰か知ってるかぁー？」と二年二組の生徒たちに尋ねた。

「なんか帰っちゃったっぽいっすよ？　早退っていうか、今さっきっすけど」

ワックーこと枠谷光一郎が半笑いで言った。事情を知らないワックーにしてみれば、羊本の行動は唐突で理解不能だろう。

「そっかぁ……」

大平先生は頭を掻いた。困惑しているというよりも残念そうで、たいそう気遣わしげだ。積極的に生徒に関わるほうではないが、善良な人柄が振る舞いに滲み出ている。噂によると大平先生は苦労人で、夫人が長患いしており、三人だか四人いる子供たちの世話を一手に引き受けているらしい。

誰が言いだしたわけでもないが、想星たちは放課後の教室に残った。

いったん自分の席に座ると腰が重くなってしまった想星の周りに、白森、モエナ、雪定が集まる恰好になった。

「読まれてたね、完全に」

雪定は想星の机の前に腕組みをして立っている。めずらしく思案顔だ。

「鋭いなぁ、羊本さん……」

白森はなぜかモエナと背中合わせになって一つの椅子をシェアしている。窮屈ではないのだろうか。

「勘がいいっていうか。なんでバレたんだろ。不思議」

「うーん、不思議かな？」

モエナは首を傾げた。

「だって、高良縊と林はともかく、あすみん、めっちゃ羊本さんのこと、ちらちらちらちら見まくってたよ？」

「え？　見てた？　あたし」

「見てたって。ちょっとっていうか、かなり見すぎじゃないって、ずっと思ってたもん」

「十秒に一回は見てたね」

雪定が含み笑いをすると、白森は眉を吊り上げた。

「そんなには見てないし！　何回かは見たかもだけど……」

「何回か？」

「せいぜい、十五分に一回とか？　多くても、十分――五分に一回くらい……？」

「五分に一回だとしても、あやしむよ。羊本さんなら」

モエナはいやに自然な手つきでポケットから飴を出して、白森、雪定、そして想星に一個ずつ渡した。昼休みにくれたものとは違う。

「……のど飴？」

個別包装には、でこポンはちみつのどあめ、と表記されている。でこポンはオレンジやみかんの一種だ。想星は食べたことがないが、存在は知っている。

さっそく個別包装を破って飴を口に入れてみた。柑橘系の爽やかな酸味はやわらかで、引き立つ甘味が贅沢に感じられる。喉によさそうな薬っぽさは気になるほど強くない。むしろ、適度なスパイスだ。

「なんか、癖になりそうな……」

「おいしいでしょ」

モエナは手を出した。想星はつい空の個別包装をモエナの掌の上にのせてしまった。モエナは白森からも個別包装を回収してポケットにしまった。

「林も――」

「待って」

雪定はスマホを出した。想星の机にのど飴の個別包装を置いて、スマホを向ける。シャッター音が鳴った。

「今度これ買おっと」

「コンビニとかでも普通に売ってるから」

モエナは机の上に雪定が置いた個別包装を手に取って、握り締めた。

「値段も手頃だし、おすすめ。飽きないし」

「ありがとう」

雪定が笑顔で礼を言うと、モエナはそっぽを向いた。

「──んんにゃあっ」

急に白森が天井を仰いで足をばたばたさせた。

「結局、羊本さんスマホ持ってるのかなぁ？　持ってないのかなぁ？　訊いたら答えてくれると思うけど、訊くチャンスがないとか。んんんんー……」

「あの羊本さんに本気で逃げられるとね」

雪定は口内でのど飴を転がした。

「こっちも本気を出さないと、つかまえるのはなかなか難しいかな」

「本気って……」

想星は苦笑いとも空笑いとも言えない、えは、というような笑い声をこぼした。自分がどうして笑ったりしたのかもさっぱりわからない。

（……まあ、僕はわりと本気で朝っぱらから四十五分、追いかけ回して、つかまえられなかったこともあったりするし――)

　机に突っ伏したい。というか、机に額を打ちつけたい。

(しませんが……)

　想星は開けっぱなしの教室のドアにぼんやりと目を向けた。直後、はっとした。ぼんやりというか、想星は気配を感じたのだ。誰かが教室に入ってくる。

(羊本さん――)

　想星は猛然と立ち上がった。

(違うか……)

　そんなわけがなかった。

　想星が関節が抜ける勢いで肩を落とすと、教室に入ってきたひっつめ髪で眼鏡をかけている小柄な女子生徒が「なっ……」と半歩あとずさった。

「……何？　どうしたの？」

「あぁっ、委員長！」

　白森が笑顔全開で手を振った。

「たでっち、仕事か何か？」

　モエナが尋ねると、二年二組の学級委員長を務めている蓼志奈以織(たでしないおり)は、眼鏡のフレームを指で押さえて「まあね」と答えた。

「ちょっと大平先生に頼まれたことがあって」

「お疲れ様」

雪定が微笑みかけた。委員長は切って捨てるように「ぜんぜん」と言いきった。

「私はただ自分の役目を果たしているだけよ。労われるようなことは何もしていないわ。あなたたちは楽しそうね。何よりだけど、あまり遅くまで教室に居座ってはだめよ。遊び場じゃないんだから」

「はーい！」

白森は元気よく返事をしたが、モエナは少々渋い顔をしている。

「たでっち、言葉がいちいちきついって。間違ってないとは思うけど、言い方もうちょい気を遣わないと敵作るよ？」

「ご心配痛み入るわ、茂江陽菜」

委員長は食ってかかるようにすぐさま言い返した。

「でも私はあなたが指摘したように、間違ったことは言ってないでしょ。それで腹を立てて私の敵になるような者なら、勝手に敵にでも何でもなるがいいのよ」

「またそうやって……」

ため息をつくモエナの背中を白森がそっと抱いた。

どうやらモエナと委員長は高校入学前からの付き合いらしい。委員長は自他共に認める優等生で、責任感が強いしっかり者だから、皆に頼りにされている。ただ、いくぶん刺々しいところが見受けられ、一部の生徒はいささか彼女を煙たがっているようだ。

「私のことは気にしてくれなくて結構」

委員長は顎を上げ、下目遣いでモエナを見た。

「結構毛だらけ猫灰だらけよ。疎まれようと蔑まれようと、私は私の道を行くわ。それが私の生き方だから」

「あっそう！」

モエナは声を荒らげた。唇が震えている。

「飴食べる!?」

ひどく憤っているようにしか見えないのに、のど飴を委員長に向かって差しだすあたりは、モエナならではなのか。

「ありがたく頂戴するわ！」

迷わず進みでてモエナからのど飴を受けとろうとしている委員長の心理も、想星にはよくわからない。

(頂戴するんかーい……)

「イェエーッ！」

そこにワックーが教室に躍りこんできて、例のごとく「チョイーッ！」と敬礼のような仕種をしてみせたものだから、状況は混沌の様相を呈しはじめた。

「……チョ、チョイー……」

混乱しながらも、というか混乱するあまり、思わず想星はチョイーを返してしまった。

ワックーは満面に笑みをたたえてビッと親指を立ててみせてから、ふたたび敬礼した。

「アゲイン・チョイー……ッ！」

「うるさいのよ！」

委員長はモエナから受けとったのど飴をワックーめがけて投げつけようとしたが、すんでのところでやめた。

「ほんと……」

モエナは委員長に同意しつつも、またのど飴を出した。

「食べる？」

「もらいマッスル！　風のように！　ハッスル、マッハ……！」

ワックーはわけのわかるようなわからないようなことを言いながらモエナに駆けよると、跪いてのど飴を押しいただいた。

「ありがたやーっ！　ちょうど俺、今日一日酷使した喉が微妙に痛かったんだよね！　さっすがモエナだよね！　気が利く魔神だよね！　ヨッ！　魔神っていうか大魔王！　人類の宝だね！　大統領……！」

雪定が、ははは……と笑った。いつも爽やかな雪定にしては、呆れ成分がそれなりに感じられる笑い声だった。

ワックーは個別包装を破りながら立って、中身の飴をぴゅっと放り、狙い過たず口でキャッチした。

「テイストグッ。最高！」

モエナに片目をつぶってみせる。

「ああ、いちいちうざい……！」

委員長が両手で頭を抱えた。

（そうすね……）

想星は内心で賛意を示さずにはいられなかった。

（ワックー、おもしろいんだけどね……いい人だし……）

「俺、うざい……？」

ワックーは眼球がこぼれ落ちそうなほど目を剥いた。ほんの一瞬ではあった。ワックーはたちどころに真顔になって、そうかと思ったら「てへっ」と頭を下げ、はにかむような表情を浮かべた。

「だよねー。俺だって、こんなの家にいたら邪魔だもん。こんなのだって。自分のこと。よくないよな。卑下するのは。自尊心、自尊心。大事、毎時、毎度、マンボー。うっわ、我ながら意味不明……」

「てか……それにしてもテンション高すぎじゃない？　ワックー」

白森（しらもり）はややぽかんとしている。

（言われてみれば――）

ワックーは元気だ。元気の体現者といっても過言ではない。事あるごとにギャグを飛ばし、隙あらば高校生たちが盛り上がるような話題を提供したり、大喜利に巻きこんだりして連日、笑いの渦を引き起こしている。

（けど、普段はここまですっとんきょうじゃない……ような？）

「ンフッ」

ワックーは奇妙な笑い方をして、その場でターンした。

「わっかるー？　そうなんだよ。俺、テンション高まっちゃってるんだよ。なんでだか、わっかるー？　わっかんないかなー。いいよ、教えちゃう。そ、れ、は……！」

どうしてか委員長が、聞きたくない、とでもいうように左右の手で両耳をふさいで、ぎゅっと口を閉じた。

ワックーは胸を押さえてその委員長を見た。何というか、眠っていないのに甘い夢を見ているかのような顔つきだ。

「蓼志奈（たでしな）さんのせいっていうか、蓼志奈さんのおかげなんだよね。蓼志奈さんのそばにいると、俺、ついついテンション上がっちゃうんだよね。じ、つ、はぁー。職員室の前で蓼志奈さん出てくるの待ってたんだけど見事に撒かれちゃって、教室に戻ってきたら蓼志奈さんがいたっていう流れなんで、もうテンション爆上がりしないわけなくね？」

白森が「……んん？」と頬を膨らませた。

「つまり、どういうこと？」

「説明になってるような、なってないような……」

モエナもいまいち合点がいっていないようだ。

「委員長のそばにいると、テンションが――」

想星はなんとかワックーの言葉を読み解こうと試みた。

「……パワースポット？　とか？　違うか。委員長は場所じゃなくて人だし……」

「ワックーは委員長が好きなの？」

雪定が尋ねると、ワックーが答える前に委員長が「わあああああああああああああああああぁぁぁぁぁぁぁぁぁ……！」と耳をふさいだまま大声を出した。

「ライッ！」

ワックーが雪定に顔を向けてVサインを作った。

「ちなみに今のライッは、ライトな。英語の。Rのほうね。Lじゃなくて。つまり！　そのとおりってこと」

「そのとおりじゃないわ！」

　委員長はワックーを指さした。耳まで真っ赤だ。眼鏡が少しずれている。

「この不届き者はただ単におもしろがっているだけ！　ようは、私のことをからかっているのよ！　あなたたちだって知ってるでしょ、この不埒者ときたら、おもしろおかしければ何だっていいんだから！　そういう人間なのよ！　ひとをネタにして！　迷惑千万極まりないわ！　言語道断よ！」

　途端にワックーの眉が急角度のハの字になった。

「いやいやいや、だから誤解だって、蓼志奈さん！　何でもおもしろおかしいほうがいいと思ってるのは事実だけど、ネタにしようとかこれっぽっちも考えてないし！　この恋心はマジのジーマーミ豆腐だし！」

「なんでここで落花生を使った沖縄や鹿児島の郷土料理が出てくるのよ！　そういうところが信用できないの！」

「そこかーっ！　そこ突かれちゃうと、ぐうの音も出ないわーっ！　いや、俺としては、マジで蓼志奈さんのこと想ってるんで、一緒に沖縄行って本場のジーマーミ豆腐召し上がっちゃわないっていう意味もそこはかとなく込めてね!?」

「婚前旅行なんかごめんだわ！　汚らわしい、ふしだらよ、この変態！」

「ごぉーめんなさいっ！　今のはノリです！　旅行はあんまりにも早すぎなんで、今度の週末、俺とちょっとしたデートでも！　デーティングでも！」

「お断りよ！　というか、すでに何度もきっぱりと断っているじゃない！」

「俺、ちょっとやそっとじゃあきらめねーよ⁉　だって、蓼志奈さんのことめちゃくちゃ好きになっちゃってんだから……！」

ワックーは少し間を置いて叫んだ。

「大好きなんだから！」

さらに、もう一度。

「愛してんだから！」

白森（しらもり）が「まぁ……」と「もぉ……」の中間あたりの音声を発した。雪定（ゆきさだ）が三度拍手したのは、どのような意図によるものなのか。

「マジで……？」

モエナはワックーに訊（き）いたのか。あるいは、委員長に訊いたのだろうか。もしくは、双方に、なのか。

「マジに決まってんじゃん」

ワックーは力強く即答した。少々立腹しているようだ。

「どういう意味よ⁉」

委員長は少々どころか、かなり、明確に憤慨している。

「人に慕われるような価値が私にはないから枠谷くんが私に好意を寄せるなんてことはありえないとでも言いたいの⁉　陽菜、あなたって本当に失礼な人ね！」

「あたしはただ、意外だっただけで……」

　モエナは口ごもった。だいぶ動揺しているのが見てとれる。

「……ええ、マジなんだ？　ワックーがたでっちを？　いつから……？」

「あー」

　ワックーは指折り数えた。

「十日前くらい？　かな？　一目惚れ？　違うか。蓼志奈さんのことはもちろん知ってたし。何だろ？　ふと、あれ？　かわいいな……って。好きかもな……ってね？　恋の列車は突然やってきたよね。この列車は一回乗っちゃったら途中下車不可だからさ。それからは猛アタックしたな。まっしぐら。誰も俺を止められないって感じ。フラれまくってるけど。毎日フラれてんだけどね。最初の一回はヘコんだけど。そりゃね？　ところがさ、だんだん大丈夫になってきて。俺、すごくね？　メンタル鋼すぎじゃね？」

「どうすればいいの⁉」

　委員長は、耐えられない、というふうに両手で自分の肩を抱いて身悶えした。

「私はそのときが来るまで誰とも交際するつもりはないって、何度も何度も言っているのに！　どうしてこんなにわからず屋なの⁉」

「……あの」

想星（そうせい）はおずおずと挙手した。すると委員長は一瞬のうちに姿勢を正し、眼鏡の位置を調整しながら想星に向き直った。

「はい、高良縊（たからい）くん。何かしら？」

「……か」

「か？」

「いえ……」

想星は、変わってる、と言いそうになったのだ。

（すごく真面目で統率力のある人って印象だったけど、けっこう変わってるな、委員長って。悪い意味じゃないけど。なんか……おもしろい……悪い意味じゃなくて――）

咳払（せきばら）いをし、あらためて質問する。

「ええと、今言ってた、そのときっていうのは……？」

「結婚したいと思ったときのことよ。いつと決めているわけじゃないけど、私は大学で日本の中世史を学びたいから、大学院に進むつもり。史料を研究したいの。恋愛にうつつを抜かしている暇はないのよ」

「将来のこと、しっかり考えてるんだね……」

「当然でしょう。一度きりしかない自分自身の人生なのよ。考えないでいられる？」

「そういうとこも、かっこよくて好きなんだよな」

ワックーは目をつぶって、うんうんとうなずいた。

「知れば知るほど好きになっちゃうんだよね。あと、俺が嫌いとかじゃなくて、今は結婚したくないってことだろ？　まあ、どうせ結婚はまだできないしね？　それはそれとして、嫌われてるわけじゃないなら可能性はあるかなって思っちゃうわけよ。俺は蓼志奈さんのためなら、勉強の邪魔は絶対しないようにがんばるしがんばれるしね？」

「ワックー！」

白森がガッツポーズをしてみせる。

「がんば！」

「おう！　サンキュ、あすみん！　俺もっとがんばる！」

「無責任なこと言わないでちょうだい、白森さん！　すぐ調子に乗るのよ、この男は！」

委員長がワックーを指さして怒鳴った。ワックーは両手を上げて首を横に振る。

「乗らない！　乗らないから！　乗らないようにする。誓うよ、蓼志奈さん。だから、俺が蓼志奈さんのことを誰よりも好きだぁーっていう、この気持ちだけは否定しないで？　受け止めてくれなくたっていいからさ。ただ好きでいさせて欲しいんだよね」

「……そ、それは――他人の心をどうこうする権利は、私にはないし……」

「誰にもないよね。人の心はその人だけのものだしね」

「それは、そのとおりだけど……」

「俺は蓼志奈さんが好きで、勝手に追っかけてるだけだからさ。気にしないで」

「気にしないでって、言われても……」

「振り向いてもらえなくても、俺はぜんっぜん平気だから。俺は鬼メンタル鋼丸だから。ところで、高良縊たち、何してたの？　教室井戸端会議？　放課後雑談隊？　何らかのトークイベント開催中？」

「あたしたち、羊本さんのことでちょっと――」

白森は途中で「うにゃっ」と目を瞠った。

「ついぽろっと言っちゃった！」

委員長が眉根を寄せ、唇をへの字に曲げた。

「羊本さん？　また彼女がどうかしたの？　帰りのホームルーム前に帰ったり、休み時間、教室にいなかったり、何か様子が変だったけど」

「おっ？　もしかして？」

ワックーは想星たちをぐるっと見回した。

「羊本っちと友だちになろう大作戦の作戦会議中的な？」

「なんでわかったの!?」

白森が叫んだ。

（べつに秘密にしてたわけじゃないし、いいんだけど……）

　ワックーもよく見抜いたものだ。

　もっとも、軽薄なご陽気者のように見えるし、そのように振る舞っている部分もあるのだろうが、ワックーは観察眼が鋭い。あれだけ弁舌にも長けているのだ。人並み外れて機知に富んでいる。

「ざっくり言うとね」

　雪定が本当にざっくり、手短に説明した。

「おれたちは羊本さんと連絡をとりたいんだけど、スマホを持ってるかどうかも不明で、話しかけるチャンスもなかなか少なくて。どうしたらいいかなって」

「手紙を書けばいいじゃない」

　委員長がじつにさらりと提案した。

「下駄箱か机の中にでも入れておけば？　先方に読む気が一切なくて捨てられてしまったら仕方ないけど、そこまでじゃなければ目くらい通すでしょう？」

　ワックーがぱちんと指を鳴らした。

「ラブレターか！　いいね！　俺も書こっと。読むだけは読んでくれるよね？」

「一言一句添削して赤字塗れにしてあげるわ！」

「蓼志奈さんの直筆だらけの宝物として返ってくるってこと？　めっちゃ嬉しいじゃん、

それ！」

「鬼ポジティブ強心臓丸……」

モエナがぼそっと呟いた。まったくもってワックーはすごい。見習いたい。

（無理か……）

それはそれとして、想星は白森と顔を見合わせた。

「手紙……」

「お手紙！」

白森も意表を衝かれたようだ。盲点だった。スマホという文明の利器に毒されていたのかもしれない。考えもしなかった。

委員長が自分の席まで歩いていって、鞄の中から何か取りだした。

「便箋と封筒なら持っているけど？　常備しているだけで使うあてがあるわけじゃないし、よければあげるわよ。はい、どうぞ」

よければ、と言いながらも、委員長は返事を待たずに想星の机の上に薄青色のレターセットを置いた。押しつけがましくなく、親切きわまりない。ワックーとは完全に別方向だが、委員長もまたすごい人だ。

「ありがとうございます、委員長……」

想星が素直に頭を下げると、委員長はわずかに口許をゆるめた。

「どういたしまして」

「ちなみに！」

　ワックーが口を挟んできた。

「蓼志奈さんはみんなに委員長って呼ばれることに納得はしてるけど、委員長は名前じゃないし、微妙に引っかかってたりもするみたいだから、そこんとこよろしくな！」

「そうだったの!?」

　白森が軽く跳び上がった。

「わりと繊細だからね、たでっちは」

　モエナは肩をすくめて、「あたしと違って」と付け足した。

「引っかかるってほどじゃ……」

　委員長と呼ばれたくなかったらしい蓼志奈以織は、うつむいてもじもじしている。

「じゃあ、たでっちかな」

　雪定が微笑んで言うと、蓼志奈は勢いよく顔を上げた。

「それもいやなの！　その小学校時代のあだ名で私を呼ぶのは陽菜くらいなんだから！」

恋は暗黒。

Ø2 WRETCHED WIZARDS

ＧＤこと墓山亭は、頭の中に異物があって脳にふれているかのような不快な痛みに悩まされていた。異状ではあるが、それは墓山にとって馴染み深いものでもあった。

七歳、小学校一年生の秋に突然、その得体の知れない痛みに襲われた。墓山の記憶ではそれが最初だった。頭の中が変になって、痛い、気持ち悪くてしょうがない。そう訴える墓山少年を、担任の滑川先生はいたく心配し、自ら保健室に連れていってくれた。滑川先生は当時二十六歳、ボブカットで肉付きがよく、とりわけ胸が豊かだった。後年、小五のみぎりにはエロ博士大明神の異名をとることになる墓山少年は、小一にしてすでに異性に特別な関心を抱いていた。何を隠そう、初恋の相手がその滑川先生だった。墓山少年は彼女に気に入られるために手段を選ばなかったし、のちの人生を通して、彼が知謀の限りを尽くせば籠絡できない者はめったにいない。滑川先生は間違いなく墓山少年を贔屓していた。彼女のふくよかな感触を味わえる幸運に感謝しながら、しかし、異様な不快感が一向にやわらがないことに墓山少年は戦慄していた。

これ、やばい病気なんじゃないの。俺、死ぬんじゃゃ。

墓山少年は小一にして早逝を覚悟しさえした。保健室のベッドで一時間ほど過ごし、親が迎えに来て、病院に連れて行かれ、医師の診察を受け、処方された薬を飲んでも痛みは治まらなかった。夕方、滑川先生がわざわざ見舞いに訪れ、しばらく手を握っていてくれたが、墓山少年の頭は不快に痛みつづけた。

眠れない夜だった。未明に墓山家の電話が鳴った。

祖母が急病で救急搬送されたとの報せだった。

墓山の祖母は若かりし頃、バスガイドから夜間接客業に転身し、銀座の店で源氏名を轟かせていた。あげくその筋では知らぬ者とていないヤクザの親分に見初められ、情婦となった。紆余曲折を経て郵便局員だった墓山の祖父と結婚してからも、祖母は波乱に富んだ人生を送り、墓山の母である娘を置いて家出することもしばしばだったらしい。ただ、初孫すなわち墓山が生まれると、彼女はこれを溺愛した。自分を抱きしめて眠る祖母の体温や香り、心音、寝息を、墓山はいまだにありありと思いだせる。墓山は大のおばあちゃん子だった。

祖母危篤を伝える電話があってから約一時間後、嘘のように墓山少年の頭の中から異物が消え失せた。

あ、死んだ。

おばあちゃん、死んじゃったんだ。

理屈抜きで墓山少年はそう確信した。事実そのとおりだった。

以後、似たようなことが何度か続くうちに、墓山は悟った。

普通の頭痛とは明白に違う、頭内異物感とそれがもたらす独特としか言いようがない苦痛は、悪い予感なのだ。しかし、単なる予感と呼ぶには確度が高い。墓山が頭内異物感に苛まれると、必ず何かよくないことが起こる。たいていの場合、人が死ぬ。それも、墓山が死を望まない者に限って落命しがちだ。

他人が死ぬのならまだいい。つらくても最悪、あきらめがつく。だが、もしかすると、次に死ぬのは墓山自身かもしれないのだ。悪い予感を無視するべきではない。頭の中に異物が生じたら、そのままではまずい、何かを変えなければならないというサインだ。

そのようなわけで、墓山は本来二週間前に予定されていた会合の日時を何度も延期し、場所も第一アジトから、貸し切れる高級鉄板焼き店、第二アジト、さらにこの第三アジトへと変更した。その都度、墓山の頭内異物は特大サイズのハンマーになったり、中華鍋になったり、バーベルになったり、柳刃包丁になったり、五寸釘になったりした。異物の種類はあくまでも比喩なのだが、墓山は長年の経験から頭内異物をおおよそイメージできる。それは大きければ大きいほど悪い。また、物騒な代物なら物騒なほど悪い。すなわち、訪れる危機の度合いが高まるのだ。

第三アジトは郊外の元板金工場で、中にはぴかぴかに磨かれたクラシックカーが七、八台駐められ、バクスターという高級家具ブランドの革ソファー、カッペリーニだかカッシーナだかの大理石製センターテーブルが設置されて、バーカウンター、キッチンを備え、超大型の冷蔵庫もある。

今夜、第三アジトで会合を開くことにしたところ、墓山の頭内異物はパック入りの納豆になった。墓山の母は納豆を毎日欠かさず食べていたが、祖母はこんな腐って臭いもの死んでも食べないと言って毛嫌いしていた。おかげで墓山も納豆が嫌いだ。というか、一度も食べたことがない。

納豆。おそらくは。パック入りだから、中身が本当に納豆なのか、実際のところはわからない。臭いもしない。あくまでも経験に基づくイメージでしかないが、たぶんパック入りの納豆だと思う。この頭内異物をどう考えるべきなのか。

悪の限りを尽くす犯罪者集団スケアクロウの五天王と称される幹部たちを集め、会合に臨もうとしている今この瞬間も、墓山は測りかねていた。

「ＧＤ」

墓山に呼びかけたグラサンスーツ野郎は、バーカウンターでカクテルを作っている。黄母川優輝は派手好きな男だ。グレーのストライプ柄スーツも、臙脂色のネクタイも、いやに光沢があり、薄い色のサングラスはフレームにダイヤモンドがちりばめられ、しっかりと撫でつけて整髪料で固めた頭髪も光り輝いている。身なりは馬鹿っぽいが、あれで抜け目がなく用心深い。以前、酔うと九九のタイムが遅くなると、存外真剣な顔で言っていたことがある。あのカクテルはノンアルコールだろう。

「前の仕事から一月半。そろそろまた一稼ぎするってことでいいんだよな？」

墓山がバクスターのソファーに深く腰を埋めたまま答えずにいると、隣に座っているパーカー、スウェット、スニーカー姿の坊主頭が左右の拳をガンガン打ち合わせた。

「そりゃそうだろ。約二ヶ月に一仕事ってのが俺らの決まりなんだからよ」

シローは身長百六十五センチ足らずと短躯だが、もっとデカく見える。手はやたらと大きい。指がズッキーニのように太く、掌は座布団を思わせるくらい分厚い。

十代で地下格闘技デビューして連戦連勝、単身アメリカに渡ってＱＦＣという有名な格闘大会に参戦。二勝したあと、三戦目の対戦相手をリング上で殺して反則負け。契約解除されて帰国してからは、各種地下格闘技を荒らし回りながら、命知らずの猛者どもと実戦を重ねてきた。この男は筋金入りの戦闘狂だ。

「次は何だ？　どこをタタくんだ？　つまんねえのはごめんだぜ。どうせやるなら歯応えがねえとな」

ニタニタすると、額に静脈が青く浮きだして、渋く光るチタンの歯がのぞく。シローは殴り合いをこよなく愛する生粋のインファイターだ。自前の歯は一本もない。セラミックなどの人工歯をチタンのネジで骨に埋めこむのが普通だが、シローは無理やりぜんぶチタンで形成させた。

その総チタン人工歯の輝きを目にするたびに、こいつマジ頭おかしい、と墓山は思う。シローは常に体脂肪率五パーセントを目指しているとかで、脱いだらほぼすべての筋肉が目視できるとんでもない体を自慢の種にしているが、すごいを通り越してもはや気持ち悪い。醜悪ですらある。

「前のはぁ……」

スキンヘッドの女がクラシックカーのボンネットに手を置いて言う。ミドリ。タンクトップに黒いMA－1、スキニーデニムに真紅のピンヒールという出で立ちで、いつも鞭を腰に提げているあの女も、見るからにまともではない。髪を剃り上げているだけでも怖いのに、ミドリの禿頭にはアニメ絵の女の子が彫られている。墓山は興味がないし、よく知らないのだが、魔法少女マトマトだかモミモミだかメモミモだか何だか。よりにもよって、かなり奇天烈な刺青だ。

「半グレ集団のぉ、ポライゴン？　だったっけ。あのヘッドの武藤とかってやつ、駒虫組の組長の井駒だかの子供なんだってね。認知はしてないらしいけどさぁ」

「ああ、ミドリが拷問して殺っちゃった男な」

黄母川がノンアルコールカクテルを一口飲んで笑う。

「武藤衡平。武藤くん。まあでも、手許に四億五千万置いとけるような男に育って、親父さんの井駒組長も喜んでんじゃない？　おかげで俺たちは、その四億五千万ちょうだいできたわけだし。きょうび億単位の金をパパッと動かすの、逆にヤクザはむずかったりするしな。儲かってんのはさ、ほんと一握りの上の上だけだよ」

「キャハッ！」

いきなりミドリが奇声を発して自分の股間をまさぐりはじめた。

「武藤ぉ、オモロかったなぁ。最期。口以外の穴って穴に、いろぉーんなもん突っこめるだけ突っこんでやってよぉ。おぅーい、気持ちいいかぁーって訊いたら、助けてくれとかぬかすもんだから！　違うだろ！　最高ですだろぉーって言ってたったら、あいつ！　最高でぇーす、だって！　最高なのかよぉ！　あれ思いだすだけで、こっちが最高だわぁ。武藤、あいつさぁ、最期に伝説作ったよなぁ？　生き残ったら飼ってやったのによぉ。でもぉ、すでに瀕死だったしなぁ？　助けてくれって！　助かるわけないだろうが！　そんくらいわかれって！」

ミドリはクラシックカーのルーフに跳び乗って、ケタケタケタケタケタ哄笑した。あの銀色の車はシボレーのコルベットＣ３だ。そこまで高価ではないが、特段の理由もなくあのように足蹴にできる神経が墓山には理解できない。いや、ミドリはただ何も考えていないのだろうし、理不尽なまでに無神経だから、己の快楽のために平然と残虐な行為に及ぶことができる。そういう人間は決して多くない。取扱注意だが、利用価値はあるので、こうやってつるんでいる。

ミドリと一緒に大笑いしている黄母川とシローも、片や知能犯タイプで、片や暴力中毒だが、ある意味、似たり寄ったりだ。黄母川とシローは真っ昼間の駅前通りで乱暴狼藉を働くことはないが、警察に追われると面倒だから自制しているだけで、さもなければ何だってやる。

脳の構造からして、一般市民とは根本的に違うのだ。生まれ育った環境も関係しているにせよ、半分以上、資質によるものなのだろうと墓山は考えている。ミドリ、黄母川、シローのような連中は、完全になるべくして犯罪者になる。誰にも止めようがない。先天的な極悪人だ。

墓山とシローが座っているソファーとは別の、しかしやはりバクスターの革ソファーに腰かけ、黙々と改造銃の手入れをしている黒嶋兵吾や、腕組みをして瞑目しているベニーは、ミドリたちとはまた種族が異なる。

黒嶋はいつも迷彩服を着用していて、頭にはバンダナを巻き、大きな黒縁眼鏡をかけている。どこからどう見てもミリタリーオタクのガンマニアだ。そのマニアックぶりは度が過ぎていると、一見しただけでわかる。

黒嶋が今、分解した状態から組み立て直しているグロック17は、市販のモデルガンをもとに自身の手で実弾発射可能な状態に改造したものだ。黒嶋が使う銃だけではない。黄母川が懐に忍ばせているコルトガバメントも、我らがスケアクロウの構成員たちの銃も、大半は黒嶋が自作した。黒嶋は弾も製作できる。射撃の腕もいい。試射を重ねたせいだ。

黒嶋曰く、試射といっても、的を撃つだけでは銃の良し悪しがわからない。猟銃ならば獣を撃つ。戦闘用の銃なら人を撃つべきだ。縛りつけて動けなくした人間を撃っても意味がない。実戦でその銃がちゃんと役に立つかどうか。戦闘能力を奪えるか。必要なら、撃ち殺せるか。

黒嶋は行きすぎた銃愛好家だ。生まれる国を間違えた。おかげで、銃への愛を貫くために法を破らざるをえなかった。改造銃や弾を作るのにも金がかかるので、密売に手を染めた。試射を兼ねて殺し屋の真似事をした。もともと両親と三人暮らしだったようだが、息子の非合法活動を警察にタレこもうとしたので、黒嶋が射殺して埋めたらしい。そのうち裏社会で名が売れた。墓山も何度か取引したことがあった。スケアクロウ結成の際、ダメ元でスカウトしてみたら、まさかのまさか黒嶋は応じた。

なぜだろう。

墓山は心底不思議だったが、訊かなかった。会って握手し、ハグして、黒嶋の耳許で、あんたが仲間に入ってくれたら百人力だ、と囁いた。ああ、とだけ答えた黒嶋は少し顔を赤らめていた。明らかに有用な人材なのだが、典型的な一匹狼タイプ。墓山は黒嶋のことをそう見なしていた。意外と孤独感に苦しんでいたのかもしれない。

黒嶋は不細工な変人だが、かわいいところがある。

「ポライゴンか……」

薄目を開けてぼそっと呟いたベニーは、黒嶋と違ってかわいげがない。

「斬り甲斐のある相手はいなかった。つまらん仕事だったな」

ロン毛で、髭。アロハシャツにショートパンツ、ローカットのスニーカー。若かりし頃は顔も体つきもシャープだったようだが、四十路を越えて全体的にたるんできている。イケオジでも気どっているのか。しかし、どう見ても年甲斐もないおっさんだ。もっとも、厚ぼったい一重瞼のせいでそう感じられるというわけでもなく、眼光はかなり鋭い。ガタイがいいから、いるだけで威圧感もある。

そもそも、ベニーは必ず手の届く場所に打刀と脇差、二振りの刀を置いている。ソファーに立てかけてある愛刀は、山姥切国広と骨喰藤四郎。どちらも現代刀匠の手になる写しらしい。ベニーが言うには、大変な名匠に打ってもらったものだそうだ。

「べつに、つまらなくたっていいんだけどよ」

黄母川がへらへらとカクテルグラスを掲げてみせた。

「一番大事なのは実入りだからな。前回は俺らが六千万ずつ、残りは下にくれてやった。二ヶ月にいっぺんの仕事って考えると、悲観するほど悪くはないとしても、満足していいほどよくもない。次は一発で大台に乗せたいところだよな」

「金よりか、強え野郎をぶっ潰してえ！」

シローが右拳を右腿に ガンガン叩きつける。ミドリはコルベットのルーフ上で鞭を振り回しはじめた。目つきがやばい。いつもだが。いつも以上にやばい。バッキバキだ。

「やり足んねぇーからやりてぇーなぁ！　やってやってやりまくりたぁーい……！」

ミドリはドラッグのたぐいを使わない。酒すらほとんど飲まない。気分がアガると脳内麻薬がドバドバ出てキマりまくるので、必要ないのだとか。ミドリは鞭を振り振り、腰も激しく前後に振りだした。

「ついでに金も欲っすぃーやぁ……！　金ぇ！　金、金、金ぇーよこせぇー！　あぁぁーマカオとかに住んで、男も女もはべらせてミイラになるまでガッコンガッコンやりまくりてぇぇーっ……！」

「でもさ、そういうのわりとすぐ飽きるんじゃね？」

黄母川が言うと、ミドリは「たぶん飽きるぅーらぁぁー……！」とわめいた。

「うるさいな……」

組み立て終えたグロック17を眺めながら、黒嶋がぼやく。ミドリが鞭の柄をマイクに見立ててヘッドバンギングしながらおぞましいデスボイスで歌いはじめ、黄母川は踊り、シローは立ち上がってミドリを囃したてている。黒嶋の小声が聞きとれたのは、おそらく墓山とベニーだけだろう。

ベニーが何か言いたげに墓山を見た。おまえはリーダーだし、あいつらをどうにかしろ、といったところか。ベニーの気持ちもわかるが、墓山が抑えつけようとして黙って服従するような者たちではない。それに、基本的には改造銃をいじっていれば幸せな黒嶋や、刀の天才だが自堕落な遊び人のベニーと違って、ミドリ、シロー、黄母川は、度重なる会合の延期や場所変更で、ストレスを溜めに溜めていた。少々馬鹿騒ぎして発散させたほうがいい。付き合わされるのは勘弁だが、放っておくだけならまだ我慢できる。

　それにしても、気になるのは頭内異物だ。

　納豆。この頭の中にあるのは、やはりパック入りの納豆だ。墓山はそう思っている。

　頭内異物がある以上、何かよくないことが起こる確率は高い。問題は、それがどのような出来事なのか。

　納豆は嫌いだ。反吐が出る。ただし、食わず嫌いだ。餓鬼の時分とは味覚がだいぶ変わってきて、ゴーヤ、銀杏のような苦いものも嫌いではないし、カマンベール、ブルーチーズといった臭い系のチーズはむしろ好物だ。納豆も食べてみたら存外いけるかもしれない。あらためて納豆に挑戦してみたいという誘惑を微塵も感じないと言ったら嘘になる。

　パック入りの納豆は果たして脅威なのか。その前に、白いパックの中身が本当に納豆なのか、疑ってかかるべきだろうか。

　何にせよ、頭内異物には違いない。悪い予感の一種だ。万全を期すのであれば会合を開くべきではないのかもしれないが、次の仕事を成功させるためにはもういいかげん準備を始めないわけにはいかない。二ヶ月にいっぺんの仕事だ。しくじりたくはないし、キャンセルすることもできない。黒嶋とベニーはともかく、ミドリとシローは納得しないだろう。ミドリとシローが墓山を槍玉に挙げれば、黄母川はきっと二人に与する。

タイムリミットだ。奇妙な頭内異物が消えないまま、次の仕事に着手するしかない。

墓山は軽く咳払いをした。脚を組んで、廃工場の天井を仰ぐ。やかましいミドリと黄母川、シローの機嫌を損ねることなく、墓山の話に耳を傾けさせないといけない。これほど個性的な凶状持ちの異常者たちを統率するのは骨だが、それこそまさに墓山の得意分野だし、腕の見せどころだ。

「俺らは悪党をタタく」

墓山が薄笑いを浮かべて言うと、まず黄母川が反応した。

「俺らが悪党を、ねえ」

イカサマ、ペテン、各種詐欺、恐喝でのし上がってきた黄母川は、札付きの悪だ。天性の悪党を自認してもいる。

「ま、悪党が貯めこんでるのは、きれいに洗わねえとろくに使えもしない、汚れきった金だからな。当然、タタかれたってサツに通報するわけにはいかない。悪党は悪党で自衛してるわけだが、俺らにはツテも情報網もある」

黄母川はグラスの縁でこめかみを叩いてみせた。

「十把一絡げの小悪党どもとは、ココが違うからな」

「何より、コレだろ？」

シローがシャドーボクシングをした。この男が、シッ、シッ、と息を吐きながら繰りだす軽いジャブ一発でも食らったら、墓山は確実にノックアウトされる。アメリカで身の丈二メートルを超える双子のストリートファイターと喧嘩し、二人ともぶちのめした武勇伝は語り草だ。

「結局、物を言うのはパワーだぜ！」

「パワーかよぉ……！」

ミドリがコルベットのルーフ上で地団駄を踏みつつ絶叫する。

「殺気ぃ！　勇気ぃ！　元気ぃ……！　今夜はおまえの子宮で眠りたぁーい！　ハバナイスデェーイ……！　イェエエーアァッ……！」

一度アガりきって完全にキマっているあのスキンヘッド女に話を聞かせるのは並大抵ではない。とはいえ、黄母川とシローを墓山の流れに引きこめば、そのうちミドリも落ちつくだろう。墓山は「とにかく──」と手間のかかる愉快な仲間たちを見回した。

「理由はどうあれ、俺らがタタくのは悪党だ。悪党を容赦なくぶちのめすやつを世間では何て呼ぶか、知ってるか？」

ベニーがフッと鼻を鳴らした。

「正義の味方、か」

「そのとおりだ」

墓山は両手を打ちあわせた。

「正義の味方。俺らはヒーローなんだよ。光か闇かでいったら闇側だから、ヒーローの中でもダークヒーローってやつだな」

バーカウンターにグラスを置いた黄母川はニタニタと嘲笑っているが、根が単純なシローは墓山の冗談が気に入ったようだ。

「ダークヒーロー！　悪くねえ……！」

パンチの速度が一段と上がり、フットワークも鋭さを増した。

「ヒーロォー……！　ヒーローとやりてぇ……！」

ミドリがわけのわからないことをがなってコルベットから飛び降りたのはいい兆候だ。一暴れすると、ミドリはベニーや墓山にべたべたと絡みついてきて、気色が悪いほど甘えてくる。本人がにゃんこモードと称するその状態でいる間は比較的おとなしい。黒嶋は組み立てたグロック17をふたたび分解しようとしている。頭内異物のパック入り納豆は懸念材料だが、どうやら本格的に仕事の話を始められそうだ。

「選りすぐりのダークヒーローたちよ。聞いて喜べ、今度の仕事は——」

墓山はわざと芝居がかった物言いで口火を切ろうとした。その矢先にベニーが愛刀山姥切国広を引っ掴んで、ソファーから腰を浮かした。黒嶋はグロック17の分解をやめた。シローが裏口のほうを睨みつけ、ミドリが両目を吊り上げて怒鳴った。

「あぁぁっ!?　なんやねぇーん……！」

「黙れ」

ベニーは低く脅しつけると、山姥切国広の柄を右手で握り、鞘を左手で押さえた。

「何か聞こえたな、今」

「ああ」

墓山は懐の銃に手をのばしながら同意したが、実際は何も聞こえなかった。正確には、聞こえたような気もするし、気のせいだとも思える。しかし、墓山より五感が鋭敏な刀の達人ベニーが聞こえたと言うのだ。まず間違いないだろう。

黄母川の姿がない。しゃがんでバーカウンターに隠れているのか。そういう男だ。墓山には黄母川の行動が読める。墓山と黄母川は同じ穴の狢なのだ。

もっとも、黄母川は何人か殺っている。墓山は今まで一度たりとも直接手を下したことがない。殺させた人数で言えば、墓山のほうが断然上だ。

そして、いざというとき危機を知らせてくれる虫が、墓山にはついている。

墓山は鼻のずっと奥のほうであの悪臭を感じた。頭内異物。白いパックが開かれる。案の定、納豆だ。悪い予感。これか。

何か大きめの音がした。連続で鳴った。声も聞こえた。工場内ではない。外だ。

「銃声だ」

ベニーがそう断言するなり山姥切国広の鞘を払い、大脇差の骨喰藤四郎をベルトに挟んだ。黒嶋がグロック17の安全装置を解除してスライドを引き、初弾を装填する。墓山も銃を持っている。金色のベレッタM92だ。銃把に案山子の紋章が浮き彫りされている。一応、ベレッタを出すだけは出した。ちなみに、この銃把のレリーフ部分は取り外せるようになっていて、スケアクロウのものが五つ目だ。墓山は新しい組織を作るたびにレリーフを交換してきた。裏口のドアが開いた。

「ぎゅんぴぃ！」

ミドリが叫んだ。裏口のドアから入ってきた男の呼び名だ。上背があって、季節を問わず白いタートルネックのセーターを着ている。ミドリに倣ってか、スキンヘッドだ。

「あ、姐様……！」

ぎゅんぴぃは右手に改造銃を持ち、左手で腹を押さえていた。赤い。血だ。出血している。被弾したのか。

「襲撃です、三人殺ら――」

ぎゅんぴぃが「れっ……！」と横っ跳びした。いいや、違う。何者かが裏口のドアから押し入ってきて、ぎゅんぴぃを蹴倒したのだ。

黒ずくめ。目出し帽。大柄ではない。両手で短銃身の拳銃を持っている。襲撃者はコンクリート床に倒れこんだぎゅんぴぃを撃つと、さっと体勢を低くしてぶっ放してきた。

「一人ってことはないだろ……！」

墓山は叫びながらしゃがんで、革ソファーとセンターテーブルの間に身を潜めた。黒嶋はソファーの背もたれを盾にして応射している。シローとベニーはソファーから離れ、襲撃者に接近しようとしているのか。あの二人は棒立ちになっていなければ拳銃の弾などそうそう当たるものではないと信じている節がある。ミドリはたぶんクラシックカーの陰に隠れているはずだ。魔法少女メモミモだかの刺青に彩られたあの禿頭の中身は途轍もなくぶっ飛んでいるのに、ミドリは銃撃戦の只中に突っこんでゆくような無謀な真似はしない。黄母川はまだバーカウンターから動いていないはずだ。

黒嶋が撃ち返して襲撃者の注意を引きつけている間に、シローとベニーが肉薄して一気に倒す。黒嶋、シロー、ベニーの三人なら、アドリブでその程度のことは楽々とやってのける。ミドリは威嚇や乱戦、拷問では大活躍するし、黄母川は金庫番で謀略担当、墓山は計画を立案して各種調整をするまとめ役だ。下っ端も、そこそこ頭が切れて忠誠心があり、悪事を働いても罪悪感に押し潰されることがない、心身ともにタフな男女を集めた。規模は大きくないが、スケアクロウはいいチームだ。これまで墓山が作った組織の中ではもっとも強力で、悪辣で、荒稼ぎできる。

襲撃者の射撃が一瞬、途絶えた。すぐにまた撃ってきた。

「あぁっ……？」

墓山は思わず床に伏せて両腕で頭を抱えこんだ。銃声が止まらない。しかも、発砲と発砲の間隔がえらく狭い。連続している。これは拳銃ではない。

「マシンガンだと……!?」

「短機関銃だ！　ＭＰ９……！」

黒嶋も撃ち返せない。弾幕というやつだ。さすがの黒嶋も、ここまで激しい銃撃にさらされたことはないだろう。むろん、墓山も同じだ。

「日本だぞ……！」

頭内異物の納豆が糸を引いている。ネバネバで臭い。

今夜、墓山亭は死ぬのだろうか。

納豆で死ぬ。納豆死。納得できない。まだ死にたくはないし、自分が納豆のせいで死ぬとはどうしても思えない。墓山は匍匐前進してソファーから顔を出した。

銃撃が止んだ。

「ベニー……！」

墓山は快哉を叫んだ。シローは襲撃者に迫っていない。ベニーは右膝が胸につく勢いで踏みこみ、襲撃者の短機関銃ルガーＭＰ９を山姥切国広でぶった斬ったところだった。

ベニーは返す刀で襲撃者の首を刎ねようとした。頸椎に阻まれたのか、斬首はならなかった。けれどもベニーは、すかさず山姥切国広を襲撃者の首から引き抜いて、やつの胸にぶっ刺した。ベニーのことだから、刀は心臓を貫いているだろう。

「ぐっ——」

襲撃者が初めて声らしきものを発した。男か。

ベニーは襲撃者の土手っ腹に右足をかけた。襲撃者を蹴倒すと山姥切国広が抜けて、傷口から鮮血が溢れた。まるで小さな噴水のようだった。もっとも、血の噴水はあっという間に勢いを失った。

「何者だ、こいつは」

ベニーは刀についた血を振るい落とし、襲撃者の左脚を軽く蹴った。襲撃者はぴくりともしない。

墓山が立ち上がると、黄母川もバーカウンターからひょっこりと顔を出した。

「いやベニー、何者も何も、殺しちゃったらさぁ……」

ミドリが「ギャハハハ!」と笑い、クラシックカーのボンネットに跳び乗った。

「命狙われる覚えなんかありすぎだろぉ! タマってどっちのタマだよぉ! おまえらのことだけど! こっちはそっちのタマねえんだからぁ! タマつけてぇーわ!」

黒嶋はソファーに座ってグロック17に弾を込めている。

「どうせなら、ぶん殴りたかったのによ――」

欲求不満なのか、シローがファイティングポーズをとって空をパンチしようとした。そのときだった。

襲撃者がむくりと起き上がった。手には拳銃を握っている。MP9ではない。あたりまえだ。MP9はベニーが叩き斬った。MP9とは別に銃を持っていて、それを抜いたのだろう。いつの間に。というか、ベニーが斬ったのはMP9だけではない。襲撃者も斬った。突き殺した、と言うべきだろうか。

殺したはずだ。ベニーが心臓を一突きして、襲撃者は死んだ。それなのに、襲撃者がベニーに銃を向けて撃った。三発だった。腹、胸、額に一発ずつ撃ちこんだ。

「かぁっ……」

ベニーは何か言おうとしたのかもしれない。言いかけたのだが、かぁっ、としか言えなかった。ベニーが崩れ落ちるようにして倒れる前に、襲撃者は片膝立ちの姿勢で振り向いた。今度はシローを狙い撃った。襲撃者が放った銃弾はシローの顔面に炸裂した。

†

（一回殺られたけど、ここまで五人始末して――）

想星(そうせい)は地下格闘家のシローとかいう短髪野郎の頭部めがけて発砲した。二連射した。

（六人目）

命中した瞬間は状況が掴(つか)めなかった。シローが即死していないことだけはたしかだ。お馴染(なじ)みの、とくん、という音が響くような感覚がなかった。

「うぇーあぉごらぁっ……！」

だが、まさか意味不明の怒声とともに、躍りかかってくるとは思いもよらなかった。頭部のどこかに二発食らい、なおも殴りかかってこようとする人間などいるだろうか。

（チ、チ、チートか……!?）

想星は慌てていたが、体が勝手に動いた。逃げはしなかった。迎え撃った。銃を構えたままだったし、まっすぐ向かってくるシローを撃てばいいだけの話だ。

「どっ、だっ、ぼっ――」

胸部に二発浴びると、シローの突進は止まった。明らかに致命傷なのに、よろめきながらもまだ立っている。しかし、チートのたぐいではない。そのような情報はまったく得ていないし、さっきの頭部被弾で射殺できなかった理由も判明した。

（歯――）

入れ歯なのか。どうやら金属製らしい。噛(か)み締められたシローの前歯がひしゃげている。最初の二射はあの人工歯に当たったのだ。

「ベニー！　シロー……！」

誰かが叫んだ。ソファーのほうだ。墓山亭だろうか。今回の仕事は犯罪者集団スケアクロウの壊滅だが、幹部の五天王とリーダーの墓山は絶対に仕留めなければならない。

（でも、焦りは禁物だ）

工場内にあと何人残っているのか。想星は把握している。まずはバーカウンターに一人。やたらと派手な恰好の男は詐欺師の黄母川優輝だ。ソファーのところに二人いる。迷彩服姿で頭にバンダナを巻いた眼鏡の男は、武器商人の黒嶋兵吾。持っているグロック17は手製の改造銃だろう。それから、高そうなダウンジャケットに細身のパンツ、髪をオールバックにしているのが墓山亭。墓山が手にしている悪趣味な金ぴかのベレッタも画像で確認済みだ。もう一人、スキンヘッドの女が車から飛び降りて隠れた。通り名はミドリ。本名は渡辺美子。あの女は凶悪だ。十歳のときに同級生を殺し、医療少年院を出てから現在までの間に三十人以上殺害しているらしい。自分を逮捕しようとした刑事を捕まえて監禁し、拷問の果てに殺して逃亡した。恐ろしい伝説の持ち主で、もちろん指名手配犯だ。

黒嶋が撃ってこようとしている。

「ううぅあぁぁえぁ……！」

そのとき、なんとシローが飛びかかってこようとしたので、想星はやつの額に二発お見舞いするなり、バーカウンターへ向かった。体の中心で、とくん……という音が響く。

（これでプラス５——）

黒嶋は射撃が上手い。想星は全速力で走っているので外れているが、止まったら当てられそうだ。

「おぁっ、クッソ……！」

黄母川は肩までバーカウンターから出して銃口を想星に向けた。コルトガバメントか。想星はかまわず突っこんだ。黄母川は銃身を寝かせて肘を外側に出すおかしな構え方をしている。しかも、両手で銃を保持していない。三発撃ってきたが、弾丸は明後日の方向に飛んでいった。黄母川が慌てふためいて顔を引っこめる。そのときにはもう、想星はバーカウンターに到達していた。弾倉が空になっているルガーＬＣ９を一度ホルスターに戻し、代わりにナイフを抜きながらバーカウンターを回りこむ。

「——てンめぇッ……！」

黄母川は腰を抜かして尻餅をついたような体勢で、それでも今回は右手で握った銃に左手をちゃんと添えた。肘も曲がっていない。あれなら少なくともまっすぐ弾が飛ぶ。ただ、黄母川が引き金を引くまで待ってやる義理はない。

想星は左手で黄母川の右腕をねじ上げ、一気に組み伏せた。右手のナイフを黄母川の胸に突き立てると、やつは苦し紛れに天井めがけて発砲した。気にせずナイフを五回抜き刺しすると、黄母川はぐったりした。まだ絶命していないものの、すでに意識はない。

（そうとうな悪党ではあるけど、僕の同業者とか、軍人上がりみたいな戦闘のプロじゃないし、チート持ちでもない――）

想星はナイフをしまい、黄母川の手からコルトガバメントを奪った。

（いい仕事だ）

黒嶋の銃撃が止んだ。

「黄母川ァ……！」

墓山の声がした。想星はバーカウンターの横から顔を半分だけ出した。ソファー一帯に人影はない。車が駐められているあたりにも。想星はバーカウンターに身を隠し、コルトガバメントの弾倉を外してみた。弾倉の一部が半透明になっている。

（上物の弾倉だな。改造銃みたいだし、これも手製なのか？　残弾は、三――）

弾倉を付け直したら、とくん……と例の音が響いた。黄母川が死んだ。

（プラス６）

想星は弾が切れているルガーLC９をホルスターから抜き、弾倉を交換した。ルガーを右手に、コルトガバメントを左手に持って、短く息をつく。バーカウンターから飛びだすと、黒嶋が早速撃ってきた。想星は駆けながらコルトガバメントを三連射して捨てた。車が並んでいる一角に突入したら、墓山が「ミドリ、そっち行ったぞ！」と怒鳴った。ミドリの返事はない。声を出して想星に居場所を察知されたくないから、黙っているのか。

黒嶋は散発的に銃撃してくる。想星は頭を低くして車の間を縫うように進み、ときに車体の下から向こうを窺って、ミドリを捜した。

（いない――）

銃声が途絶えた。弾倉か銃を換えようとしているのか。想星は足を止めた。

（まだ撃ってこない……長いな）

足音が聞こえる。

（動いた？　攻撃してくる……？）

足音は近づいてくる。一人ではなさそうだ。二人以上。音が違う。一人はスニーカーか何か。もう一人の足音は硬質だ。革靴。いや、ハイヒールか。

想星は車のドアを背にしてしゃがんでいる。ルガーLC9をしっかりと両手で構えた。一人の足音は左から、ハイヒールの音は右のほうから聞こえる。二人。黒嶋とミドリか。ミドリは想星が今いる車エリアに潜伏していた。想星はそう考えていた。違ったのか。想星が黄母川を始末している間に、ミドリは墓山や黒嶋がいるソファー付近へ移動していたのだろう。そこから黒嶋と二人で攻めてきた。

墓山は前に出てこない。黒嶋とミドリの処理に手こずったら、墓山は逃げるのではないか。そうやっていくつもの組織を渡り歩いてきた。自分が立ち上げたチームだのグループだのがたびたび壊滅、消滅の憂き目に遭っても、墓山だけは生き延びてきたのだ。

あの男はそのせいで、ＧＤ、とも呼ばれている。

十代後半から集団による強盗殺人を生業としていて、かなりの人間を死に至らしめてきた。加えて仲間も大勢失っている。それでいて、墓山本人はほとんど、もしくはまったく、自身の手を汚さないという。殺人者ではないのに、墓山が通った道は死屍累々だ。あの男が生き残れば生き残るだけ墓が増える。

ゆえに、墓掘り人。略して、ＧＤ。

卑劣を極めた男、稀代の卑怯者として、墓山亨は悪人どもに恐れられ、敬われている。

（先に、黒嶋――）

想星がそう睨んだ理由は複数あるが、判断は一瞬だった。左に銃口を向ける。車の後部から黒嶋が飛びだしてくるなり、やつが持つ突撃銃のような銃が火を噴いた。

（――そんな銃まで……あれも改造銃なのか……）

何発食らったのかも定かではない。おかげで即死した。

想星は仰向けで倒れている。銃は手放していない。

目を開けると、至近距離に銃口があった。黒嶋はまだ想星が死んだと確信していない。

中腰の姿勢で突撃銃を想星の鼻先に突きつけている。

（一回死んだことは死んだんだけど――）

想星がルガーLC9を上げようとしたら、黒嶋はびくっとして、ただちに引き金を引こうとした。びくっとしてくれたので、もう一度死なずにすんだ。想星はルガーLC9を保持している両手で黒嶋の突撃銃の銃身を左方向に押しやった。一射目で顎下あたりを撃ち抜くと、黒嶋は何か声を洩らしてのけぞった。想星は起き上がりながら、さらに二発の銃弾を黒嶋にぶちこんだ。

（——ハイヒールの音……後ろから……！）

振り向くと、何かが想星の顔面を強く殴打した。

「あがっ……」

「イヒャヒャッ……！」

女が笑う。ミドリか。さっきの打撃で目出し帽がずれた。視野が半分以下だ。よく見えない。両手首に何かが巻きついて、斜め下方向に引っぱられる。

（鞭か……！）

想星はあえて抗わず、コンクリートの床に身を投げだした。

「殺し屋ぁ……！」

ミドリは想星の手を蹴った。右手を蹴られたのか、左手か。わからない。女性の脚力とは思えない、すさまじい蹴りだった。それでも銃を放してはいけない。放したくはなかったが、どこかに飛んでいってしまった。

いつの間にか、鞭が想星の両手首に巻きついていない。

「おらおらおらおらおらおらおらおらおらおらおらぁぁ……！」

ミドリはうつ伏せになっている想星を尖ったハイヒールで蹴った。蹴りまくった。そして鞭打った。

「うきゃひゃおらうらぁでぃひゃくそこのくされぽんちんだこらうららぁっ……！」

想星は歯を食いしばって体をなるべく丸め、両腕で頭部を守った。ついでに目出し帽の位置を修正した。痛いことは痛い。だが、耐えられなくはない。耐えがたいけれども、気絶するほどではない。まだ。今のところは。

「そいつは殺すな、ミドリ！　バックを洗いたい……！」

墓山だ。声の響きからすると、ソファーを離れたか。

「何がバックだぁ……！」

ミドリは想星の尻を蹴った。

「んおぉぉ……」

想星は思わず声を出してしまった。これは耐えられない。尻というか、股間というか。局部に近いというか、ほぼ局部というか。

「バック！　バック！　バックぅ！　これかぁ、バックぅ……！　やひゃひゃひゃ！」

ミドリが同じ箇所を執拗に攻めてきた。ひどい。だめだ。これはまずい。何てことを。

「んんんっふうぅっ……！」

仕事中にあるまじきことだが、想星はついキレてしまった。どんなふうにミドリに組みついて、押し倒したのか。さっぱりわからない。とにかく、我に返ると馬乗りになってミドリの首を両手で絞めていた。思いのほか細い首だ。髪の毛をきれいに剃り上げ、魔法少女メモミモの刺青が施されたミドリの頭は、子供のように小さい。

「やめろこらいんぽてめ、くるしっ、けつにどりるであなっ、たまとるぞころすっ――」

ミドリは首にかかっている想星の手をなんとか引き剥がそうとしていた。絞め殺されようとしているこの状況で、あまりいい対応とは言えない。切羽詰まりながらも、ミドリは瀬戸際でもっと効果的な手段があることに気づいたのだろう。左右の手を想星の顔面にのばそうとした。指を目に突き入れるつもりだ。その瞬間、想星は冷静になった。

両手をミドリの首から離した。

「――っおほぁっ」

ミドリは反射的に息を吸いこんで噎せた。想星は間髪を容れず左手でミドリの首を押さえつけ、体重をかけた。

「うぇっ」

ミドリはふたたび呼吸ができなくなった。とはいえ先刻までと違い、想星は片手だ。ミドリはまた首から想星の手を剥がしにかかった。

（無駄だ）

想星は右拳の側面、小指の付け根の下あたりをミドリの額に打ちつけた。繰り返し乱打してミドリが瞬間、白目を剝いた隙にナイフを抜いた。右眼球にナイフを突き刺されたとき、ミドリは意識があったはずだ。想星が思いきり押しこんだナイフの切っ先は、一気に眼窩の底の骨を突き破って脳にまで達した。この角度なら脳幹が損傷する。

間もなくミドリは脱力し、想星の体の中心で、とくん……と例の音が響いた。ナイフを抜くと、もう一度、とくん……という感覚があった。黒嶋が息をひきとったのだろう。

（プラス2……だけど、その前に一回死んだから——）

いつまでもミドリの死体にまたがっていたくない。立ち上がろうとしたら、股間の激痛がぶり返してきて、想星は「はぅ——っ……」と息を詰めた。痛みの源は明らかに局部だ。しかし、その部分だけではない。体の末端まで痛い。もしかして、破壊されてしまったのか。潰れたり破裂したりしているのかもしれない。局所だけでなく、尾骨とか仙骨とか恥骨とか、そのへんの骨が折れたり砕けたりしているのではないか。

想星は死んでいるミドリの上で四つん這いになって、あちこちに力を入れたり緩めたりしながらどうにか息を整えつつ、工場内の気配を探った。墓山はどこにいるのだろう。工場内にいるのか。もう工場から脱出していたとしたら最悪だ。あるいは、足音を忍ばせて逃げようとしている最中かもしれない。

「ミ……ミドリ……？」

墓山の声がした。

まだ墓山はこの工場のどこかにいる。

勇気百倍とはいかないが、やってやるという気概は湧いてきた。痛すぎてどうにもならなければ、一度死んでしまえばいい。今日はけっこう殺している。せっかく稼いだ命ではあるが、捨てるのを惜しんで獲物を取り逃がす愚を犯してはならない。黒字ならよしとして、いざとなれば死ねるという唯一の強みを最大限に生かすべきだ。

想星はナイフを左手に持ちかえた。ルガーＬＣ９は少し離れたところに転がっている。拾おうとしたら、股間がひどく痛んだ。

「……これが納豆かよ」

墓山が言った。小声だったので、はっきりとは聞きとれなかった。

（納豆？　聞き違いか……？）

想星は体が裂けてしまいそうな激痛をこらえてルガーＬＣ９を手に取り、ゆっくりと立った。手近な黒い車は、かなり手入れしてあるようだが古そうだ。ヘッドライトの形に特徴がある。たぶん、フェアレディＺというスポーツカーだ。想星は低いルーフから少し顔を出して工場内を見渡した。

（墓山——どこにいる？）

ソファーだ。想星の勘はそう告げている。想星が工場内に突入してから、墓山はおそらく動いていない。仲間に応戦させて時間を稼いだ。下手に逃げようとして背中を撃たれることを警戒しているのだろう。墓山は何かを待っている。

墓山たちは別の場所で会合を開こうとしていた。ところが、数度にわたって予定を変えた。この元板金工場は市街地の外れに位置している。近くに採石場や製材所があるが、夜間は交通量が極端に少ない。黄母川に弱みを握られている事業家の所有物らしい。

想星は裏口から工場に侵入した。その際、見張りについていた四人を処理した。

工場正面のシャッターは閉まっていた。シャッターの前には廃バスが置かれ、プレハブ小屋があり、車が三台駐まっていた。廃バスに二人、プレハブの中にも人がいた。彼らをまず片づけるとしたら、裏口周辺の四人、さらに工場内の墓山たちにも気づかれて、襲撃が失敗する可能性が高い。それで裏口から攻めこみ、手早く墓山らを皆殺しにすることにした。正面の人員はあとで相手にすればいい。やつらが逃げたとしても、所詮は下っ端だ。リーダーの墓山と幹部たちがこの世から消えれば、スケアクロウは瓦解する。

(墓山が今、喉から手が出るほど欲しいのは——捨て石、生け贄、利用できるものなら何でも、だ)

裏口のドアが勢いよく開いて、そこからダウンのベストを着た男がピアスだらけで眉のない顔をのぞかせた。拳銃を持っている。

「墓山さん、何が――うぉっ……!?」

ピアス男は惨状を目の当たりにして、拳銃のスライドを引いた。

「ケンチー、外は何人残ってる!?」

墓山が叫んだ。姿は現さない。だが、きっとソファーに身を隠している。ケンチーと呼ばれたピアス男は銃を構えてきょろきょろした。

「はい、えっと、俺入れて六人――」

「全員集めろ！　応援も呼べ！　おまえはそこから離れるな！　他のやつらも近くにいるのか!?」

「あ、はい、外に――」

「中に入れろ！」

「おい、全員入れ！」

ピアスだらけのケンチーが外に呼びかけた。想星はフェアレディZのルーフを利用してルガーLC9をしっかりと握り、照準を定めていた。距離があるが、ここまで狙いすませばそうそう外さない。引き金を引き絞る。

「んぁっ……」

ケンチーがよろめいた。銃弾はケンチーの胸部に命中した。死んではいない。開けたままのドアに寄りかかって、なんとか体を支えている。

「ケンチー！」「ケンチー……！」

数人が外で叫んだ。ソファーの背もたれから墓山が顔を出したのはそのときだった。墓山は裏口のケンチーに目をやっている。

想星は墓山を狙い撃った。一発目がソファーに当たると、墓山は素早く伏せた。二発、三発とぶっ放しながら、想星は裏口方面に移動する。地面から足に伝わる衝撃が股間を通り抜けて脳天から飛びだしてゆきそうな、理不尽極まりない痛みは憤りを喚起し、凶暴な殺意に直結した。

（痛い、痛い、痛い、痛い痛い痛い痛い死ね殺す痛い痛い痛いんだよくそ、殺す——）

太鼓腹の男が裏口から入ってきて、ケンチーを外に引っぱり出そうとする。想星はルガーLC9を二連射したが、当たらなかった。弾が切れ、銃のスライドが戻らず出っぱなしになった。

太鼓腹がケンチーを抱えて外に出た。入れ替わりに一人、二人、三人と、銃を持った男たちが工場内に傾れこんでくる。

（ダメだ、ダメだダメだダメだダメだダメだ——）

想星は車の陰に隠れてリュックからスタングレネードを取りだした。男たちが撃ってくる。想星はあえて一呼吸置いた。ピンを抜いて裏口めがけてスタングレネードを投げ、目をつぶる。瞼越しにわずかに閃光を感じた。爆発音に連中の悲鳴が交じった。

想星（そうせい）は目を開け、裏口付近の煙とおたおたしている男たちを一瞥（いちべつ）すると、ソファーを目指した。走りはしなかった。早歩きくらいの速度だ。これならそこまで痛くない。痛いことは痛いが、死ぬほど痛くはない。

空の弾倉はポケットに突っこんで、新しい弾倉をルガーＬＣ９に装着する。体の中心で、とくん……と音が鳴った。ケンチーが息絶えたのだろう。

大理石か何かのセンターテーブルを挟んで、二台の大きな革ソファーが配置されている。こちら側のソファーの背面から側面に回りこむと、人影がなかった。

想星は慌てずに工場内を見回した。それから片膝をついて、センターテーブルの下を確認した。いた。

ダウンジャケット。細身のパンツ。やや乱れたオールバック。墓山（はかやま）は横向きにした体を、天板に頭がぶつからない程度に起こしている。

目が合った。

墓山は金色のベレッタを持っている。顔全体が引きつって、脂汗をかき、ベレッタの銃口は震えていた。墓山は今にも引き金を引くだろう。もちろん、想星も発砲する。

相撃ちになるかもしれない。想星としては、それでかまわない。よしんば墓山に先を越されたとしても、大きな問題は起きない。できれば一発で射殺して欲しいところだが、高望みはしないほうがいいだろう。いずれにせよ、結末は同じだ。

墓山が「いっ……」というような音声を発して、銃把を握る右手に左手を添えた。やつは体の左側を下にしている。左腕を持ち上げた拍子に、頭がセンターテーブルの天板に当たって、墓山は少し体勢を崩した。どうやら墓山に先を越されることはなさそうだ。想星はルガーLC9の引き金を引き絞ろうとした。

「悪魔の手を持つ男を知ってるよな？」

誰だ。

墓山ではない。墓山は何も言っていない。声は後ろからした。

(悪魔の手――)

どうでもいい。とにかくまずは墓山を始末するべきだ。

(望月登介(もちづきとうすけ)？)

あの壊し屋のことか。

(しまった)

想星はとっさにやるべきことをやらなかった。できなかった。

墓山はその機に乗じた。想星が謎の声がけで動揺した途端、墓山はそれまで見開いていた両眼(りょうめ)をすっと細めた。死の危機に直面して、墓山は全身をこわばらせていたはずだ。それなのに一瞬でリラックスし、ここぞというときにベレッタに火を噴かせた。突然、熟練の暗殺者に変身したかのようだった。

「っ――……」

眉間に当たりそうだと思ったときにはもう、想星の意識は途切れていた。

蘇生したら苦しかった。細面で髪の毛がモジャついた男に喉頸を踏んづけられている。

(な……んだ――何者……？　ていうか――)

どうして裸なのか。男は何も身につけていない。下着すらも。おかげで見たくないものまで目に入ってしまう。

(でっかっ……!?)

どうでもいい。というより、それどころではない。

「わぁ。すっげ」

全裸男が口角をとても上がりそうにない位置まで吊り上げた。

「何だよおまえ。死なねぇんかよ。生き返ったぁ？　ゾンビかよ。マジかぁ」

この男、やけに黒目が小さい。笑みを浮かべているのか。顔立ちは端整なのに、何か突拍子もない、身の毛がよだつような表情だ。

「なぁ、ゾンビくぅーん。殺し屋ちゃぁーん。暗殺者って呼んだほうがいいんかぁ？　ゾンビ野郎の暗殺者ちゃぁーん。正直に答えてくれよーん。なぁ？　悪魔の手を持つ男に心当たり、ありゅよねえ？」

「くっ……ぁっ……」

想星は喉を踏まれているせいで答えようにも答えられない、といったそぶりを見せながら、センターテーブルの下にちらりと視線を向けた。墓山はいない。想星を射殺するなり逃げたのか。この全裸男は何だ。スケアクロウの一員なのか。事前に姉から渡された資料の中にこんな男の情報はなかった。

「おいっ、おいっ、おいっ、おいぃーっ。答えてくれよぉ、ゾンビの暗殺者ちゃぁーん」

「だっ……か……らっ……」

答えようにも答えられないのは、ふりでも何でもなく事実だ。

「なぁ、暗殺者ちゃぁーん――」

全裸男が腰を屈めて想星の喉を踏む右足に力を加えた。右手を差しのばす。目出し帽か。きっと剥ぎとるつもりだ。想星の素顔を見ようとしている。

「――アホッ、急げ！」

墓山の声が聞こえた。裏口のほうからだ。ほんの一瞬ではあるが、全裸男の注意が想星から逸れた。

（今だ）

そう思ったときにはもう、想星は両脚を撥ね上げて全裸男の右脚に絡みつかせていた。

同時に両腕で全裸男の右足首を抱えこみ、足首固めの体勢に持ちこんだ。

「おぉ……!?」

全裸男は後方に倒れそうになり、左足で踏んばって持ちこたえた。想星はさらに全裸男の右足首を捻った。完全に極まっている。

「んっ――」

全裸男の顔が歪んだ。その直後だった。色だ。色が変わった。全裸男が変色した。肌だけではない。眼球も、毛髪も、すべてが一変した。寸前までモンゴロイドによくある、想星とさして変わらない肌の色で、毛髪は黒かった。今は全身が鋼のような色をしている。光沢まである。それに、硬い。カッチカチだ。

(金属……!?)

想星はとっさに全裸男から離れた。射殺されたときに手放してしまったルガーLC9が床に転がっている。ルガーに飛びついて拾うと、想星は迷わず裏口めがけて駆けだした。

「ちょっ、おいっ……!」

叫ぶ全裸男には目もくれなかった。墓山の姿は工場内にない。裏口から外に出たのだろう。他の下っ端もいない。裏口のドアは閉まっている。全裸男よりも墓山だ。とにもかくにも、墓山を仕留めないと話にならない。想星はドアを開けようとした。

そう見せかけて振り向くと、全裸男はもとに戻っていた。鋼色ではなく光沢もない。人間らしい色だ。当然、全裸男は想星を追いかけていた。互いの距離は約三メートルだ。

想星が銃口を向けると、全裸男は急停止した。想星は三連射した。全弾命中した。胸部に三発食らったのにもかかわらず、全裸男はびくともしなかった。うっすらと三発分の跡はついている。銃弾はそこに当たったのだろう。銃創とは言えない。それらは弾痕と呼べるほどの痕跡ですらない。やはり硬い。銃弾を防ぐほどの強度があるとは。

まただ。全裸男がまた頭のてっぺんから足の先まで鋼と化した。

紙一重ではあった。想星が発砲する直前から直後の間だろう。少しでも鋼化が遅れていたら、全裸男は無事ではすまなかったのではないか。

(鋼になると、銃もきかない――なんてチートだ)

想星はドアを開けて外に出た。

「あぁっ――」

閉めたドアが全裸男の声を遮った。代わりに車のエンジン音が聞こえる。裏口前にもSUVが一台あるが、その車には誰も乗っていない。工場正面のシャッター前に、たしか三台駐(と)まっていた。あの三台のうちのどれかだ。この音からすると、動いている車は一台ではなく、二台かもしれない。

(楽に稼げるいい仕事だと思ったのに……!)

喉が痛い。想星は咳(せ)きこみながら工場の脇を走った。

後ろで裏口のドアが開いた。全裸男だろう。

　工場正面に出ると、車はすでに発進していた。二台だ。一台は動いていない。二台の車が廃バスを迂回し、工場の敷地から出てゆこうとしている。

　想星は道路まで全速力で追いかけ、銃を構えた。二台のテールランプはまだ大きい。そう離れていない。

（タイヤを撃ち抜いて、パンクさせれば――）

　暗いし、車は動いている。かなり難しい。当たったらまぐれだろう。墓山がどちらの車に乗っているのかもわからない。しかも、遠ざかりゆく二台のテールライトとは別の車のヘッドライトが接近してきた。

　想星は迷わず工場の向こうの藪に分け入った。墓山が応援を呼べとか何とか言っていたし、あれはスケアクロウの車かもしれない。そうではないかもしれない。どちらにしても、まずはいったん身を隠したほうがいい。

（まんまと逃げられた。墓山を取り逃がした……）

　全裸男のせいだ。

（ほんと何なんだよ、あいつ。なんでいきなり素っ裸で――）

　さっきの車が工場の前を通りすぎていった。スケアクロウの車ではなかったようだ。

　想星は自分の身長よりも少し低いくらいの藪の中にいる。ここからだと、工場一帯の様子はよくわからない。道路は草木の合間からなんとか確認できる。あくまで、なんとか、だ。近くに外灯がない。暗すぎる。

（全裸男は……？）

道路沿いに誰か立っている。全裸男か。どうだろう。はっきりとは見えない。あれが人影かどうかも判然としない。

『想星』

イヤホン越しに姉が呼びかけてきた。想星は危うく返事をするところだった。だめだ。声を出すのはまずい。

（暗殺者——って、あの全裸男は、僕のことを。悪魔の手を持つ男……望月を知ってるかって。違う。知ってるよなって言った。どういうことだ……？　全裸男も望月を知ってる。同業者なのか……？）

想星は息を殺し、目を凝らした。

道路沿いに誰かが立っている——ように見える。

（全裸男……ただの変態野郎じゃない。急に現れた。どこにいたんだ？　隠れてた？　まったく気づかなかった。それに……硬くなった。あのチート。同業者。チート持ちの。望月。悪魔の手を持つ男。壊し屋。同業者なら、望月登介のことを知ってたとしてもおかしくはない。だけど——）

輪郭から考えて、道路沿いに立っているのは十中八九、人間だ。

（僕が望月を始末したことも、全裸男は知ってる。少なくとも、当たりをつけてる。それで僕を狙ってるのか……？　僕は、狙われてる——）

想星は道路沿いの人影から片時も目を離さなかった。まばたきもしていなかったと断言できる。

それなのに、唐突になくなった。いなくなった、と言うべきなのか。

とにかく、あったものがなくなった。瞬時に消え失せた。

（……目の錯覚？　だったのか？　いや……違う。誰かいた。全裸男……だったと思う。たぶん、だけど。急に現れて、いきなり消えた……？）

想星は耳を澄ました。低木の枝が折れる音、枝に何かがふれる音や、下草を踏む音。何か聞こえないか。それらしい物音はしない。藪の中にいるのはおそらく想星だけだ。他には誰もいない。少なくとも、藪の中を移動している者はいない。誰も近づいてこない。今のところは。

全裸男は姿を消した。だから一安心、とはいかない。また現れるかもしれない。まだ想星を捜しているかもしれない。

（墓山と幹部たちを殺して、スケアクロウを壊滅させる——仕事の最中に襲われた。偶然なのか？　あの全裸男は……僕のことをどこまで知ってるんだ……？）

Ø3　私の羊

羊本くちなは行き交う人もまばらな地下鉄の駅から学校までの道のりが好きだった。少ないだけで、通行人がいないわけではない。車通りもある。しかし、感覚を研ぎ澄まして全方位にセンサーを張り巡らせる必要はない。一人で登校するこの時間だけは、色々なものから解放される。妙な邪魔さえ入らなければ。

校門を通り抜けるまで、誰とも行きあわなかった。玄関の扉が解錠されて間もない時刻だから、本来はあたりまえだ。

（どうしてこんなことで、ほっとしなきゃならないの……）

下駄箱にも人影がなかった。ただ、どこかに隠れていないとも限らない。まだ気を抜くわけにはいかない。

（なんで、わたしがこんな――）

くちなは神経を尖らせて気配を探りながら歩を進め、やっとのことで自分のボックスに辿りついた。

下駄箱のボックスは二段になっており、たいていは上段に上履きを、下段には外履きを入れる。くちなは上段の上履きに手をのばそうとした。

「っ……」

息をのんだ。

上履きの上に何か置いてある。紙のようだ。見たところ、封筒だろうか。

くちなは薄青色の封筒を手に取った。切手は貼られていない。あたりまえか。ここは郵便ポストではないのだ。黒いボールペンか何かで、宛名だけ書かれている。

羊本(ひつじもと)くちな様

とめ、はね、はらいがしっかりしていて、達筆とまではいかないまでも、きちんとした筆跡だ。しかし、ところどころ不均衡だったり、震えていたりする。緊張状態で書かれた文字なのだろう。

裏返してみると、差出人の名が明記されていた。

高良(たから)綋想星(いそうせい)

有志一同

「……ゆうし、いちどう……？」

高良縊の名は封筒の裏を確認する前にある程度予期していたが、有志一同には意表を衝かれた。

くちなは五秒間ほど迷ったあげく、封筒を鞄にしまって靴を履き替えた。

教室へ向かう間、鞄の中の封筒をいったいどうしたものか、考えつづけた。

（わたしに宛てた手紙みたいだし、普通に考えたら、開封して読む……読む――の？　手紙を？　でも、何の手紙？　手紙……なんて、もらったことがないような。もしかして、初めての手紙……？　人生初？　一通目が……二通目があるのかどうか……ないような気もする最初の手紙が、よりにもよって……有志一同って、どういうこと？　白森さんとか、茂江さんとか？　代表して、高良縊くんが書いた手紙――つまり、そういうこと？　どうして手紙？　時代錯誤……高良縊くんたちは、私の連絡先を知らない。だから……？　それで、手紙を？　冗談でしょう……？　普通、あきらめない？　手紙なんて……）

そうこうしているうちに、教室に着いてしまった。一番乗りだ。教室の中にはまだ誰もいない。くちなは教室に足を踏み入れようとした。すんでのところで回れ右した。

気がついたらトイレの個室に籠もっていた。

（何をしてるの、わたし……）

首に巻いたマフラーに顔の下半分を埋もれさせ、鞄を抱いて思案する。

くちなは便座の蓋は閉じたまま、その上に座っていた。

（何を……）

鞄（かばん）の中から封筒を取りだして、どうするつもりなのか。

（読む……の？　なんで？）

くちなはため息をついた。

（わかった。読めばいいんでしょう。読めば……）

封筒は円いシールで封をとじられている。花のイラストが入ったシールだ。

（これは――）

何の花だろう。

薄紫色の小さな花弁が寄り集まっている。

（……ライラック？）

どうでもいい。

ただ、薄青色の飾り気がない封筒はともかく、花のシールもライラックも、高良縊想星（たからいそうせい）とはどうにも結びつかない。きっと他の者が用意したのだろう。

シールを剥がそうとしたが、手袋をつけた状態では難しそうだ。くちなは一つ息をついて手袋を外し、シールを剥がして開封した。封筒の中身は一枚の便箋で、やはりこちらも薄青色だった。

くちなは手袋を嵌（は）め、折り畳まれている便箋を開いた。

拝啓　ますますご清祥のことと拝察しております。

（……拝啓？）

くちなは眉をひそめて読み進めた。

先日はご多忙の中、ポテトチップスパーティーにご参加いただく運びとなりまして、誠に有り難うございました。何ぶん初開催でありまして、当方に不手際もあったことと存じますが、失礼の段は何とぞ、平にご容赦願います。ともあれ、おかげ様で大変楽しい会と相成りまして、我々一同、心より喜んでいる次第でございます。

（馬鹿丁寧……だけど——）

こなれていないというか、不自然な表現も散見される。筆跡は宛名や差出人のそれに増して硬い。そうとうしゃちほこばって書いたのだろう。

さて、本日はうかがいたいことがありまして、お手紙させていただきました。羊本（ひつじもと）さんはスマートフォンをお持ちでしょうか。

我々はポテトチップスパーティー、略してポテパを企画し、実現するため、ラインというSNSの一種を用いて、グループを結成しました。

羊本さんをこのライングループに招待したいと考えております。なお、これは我々の総意であります。

ご回答いただけましたら重畳です。

乱筆乱文失礼いたしました。

末筆ではございますが、今後ともどうかよろしくお願い申し上げます。

敬具

そのあとに、高良縊想星、白森明日美、茂江陽菜、林雪定と、四人の名が並んでいる。それぞれ直筆のようだ。筆跡が違う。白森はかわいらしい字で、モエナの書きぶりはダイナミックだが収まりがいい。林は習字でもやっているのか、一番きれいだ。

くちなは手紙を何度か読み返した。

それから、便箋を畳んで封筒に入れ直した。封筒は鞄にしまった。

くちなは鞄の中を漁るともなく漁った。ふと手を止めた。

(……わたしは——何を探してるの?)

数秒間、ぼんやりしていた。それから、鞄から小ぶりなメモ帳とペンケースを出した。

メモ帳は白い表紙が無地で、ページを切り離せるタイプのものだ。学校で使うノートを購入した際、何か気になって一緒に買ってしまった。

買ったあとに一ページだけ切り離してみた。試し書きをしただけで、そのページは燃やして処分した。それ以来、使っていない。そもそも、くちなはメモを取らない。忘れるわけにはいかない事柄は、教えこまれた記憶術を駆使して覚える。書き残したりしたら、証拠を残すことになりかねない。

だから、使うあてはなかった。このメモ帳を使うことはないだろうと思っていた。不要な品だ。けれども、がらくたではない。くちなは不要品を持たないようにしている。このメモ帳は数少ない例外だ。

ペンケースからボールペンを取りだし、メモ帳のページを切り離した。手袋をつけたままでも問題なかった。簡単に、きれいに切り離せた。

†

高良縊想星はどこにでもいる普通の高校生になりたかった。

（いつも思ってることだけど……）

今日のような朝はとりわけ強く願わずにいられない。

（あんな仕事からは足を洗って、まっとうに暮らしたいです……）

地下鉄で吊革に掴まっていたら、一瞬、ほんの一瞬だが、意識が飛んだ。司町の駅で列車が停止してドアが開いても、想星は二秒か三秒、吊革から手を放さなかった。眠っていたわけではないが、ぼうっとしていた。

改札を通過したあとで誰かに声をかけられ、生返事をした。地上に出てから、あれ、誰だったっけ、と思いだそうとしたのだが、結局、特定できなかった。

徹夜明けというだけなら、ここまで頭が朦朧としてはいない。主要な標的である墓山亨を逃がすという大失態、まだ付近にいるかもしれない謎の全裸男。想星も墓山のようにとんずらしたかったが、そんなわけにもいかなかった。朝までには現場を処理しないと通報されかねないし、業者に依頼するのは姉の役目だ。ということは、姉に包み隠さず打ち明けなければならない。ぜんぶ話したら当然、怒られる。実際、怒られまくった。

もう知るか。どうでもいい。そんな本音を口に出したら姉にこてんぱんにされる。結局、おとなしく説教されるしかなかった。仕事は終わっていない。終わらせることができなかった。なんとか墓山を見つけだし、始末しなければならないだろう。全裸男のこともある。あれは何者なのか。突き止めて、片をつけないといけない。殺すのだ。

肉体的にはそうでもないが、とことんまで気疲れした。おかげで家を出るのが遅くなってしまった。遅刻は免れそうだが、何か忘れているような気がしてならない。

下駄箱で上履きを手に、想星は何かを思いだそうとしていた。

（何か……）

想星はうずくまった。

「――って、何だろ……」

気がついたら、目をつぶっていた。

（時間は、まだある……）

何の時間がまだあるのか。

（よくわかんね……）

手に何か持っている。目を開けて確認する。たったそれだけのことが、今の想星にとっては億劫で仕方ない。というか、自分の手なのだ。自分自身で手に持っているものくらい、わざわざ見なくてもわかるはずだ。わからないわけがない。

（……靴。そうだ。そうだよ。靴だよ。ええと……あれ？　でも、履いてるな。裸足じゃない。あぁ……脱いでないからか。そっか。履き替えようとして。これ、上履きか……）

「はぁー。そーちゃん、ほはよふー」

何者かがぺたぺた靴音を鳴らして近づいてくる。想星は渾身の力を振りしぼって瞼を開き、顔を上げた。美島曜が長すぎる袖を振っている。今、登校してきたところなのか。

「……おはよ、美島くん。じゃなくて、みっしー」

「声、がさがさー」

美島は袖をまくらずに上靴を掴んだ。

（まくらないんだ……）

想星は美島が靴を履き替える様を眺めるともなく眺めた。

「るー？」

美島は首を傾げ、目をぱちくりさせた。それで気づかされた。

「……僕も靴、履き替えないと」

「そーちゃん寝ぼけてるー？」

「いえ……そんなことは……」

想星はもたもたと靴を履き替え、外履きを自分のボックスにしまった。

何か思いだせそうで思いだせない。

（……何だったかな）

美島の長い袖で完全に隠れている手が想星の肩をさすった。

「教室、行こかー？」

「……うん。だね」

想星は美島と並んで歩いた。美島の足どりがふらふらしているせいか、想星まで足許がややおぼつかない。まっすぐ歩くのがどうにも骨だ。

「そーちゃん寝不足かーい？」

「……まあ。そう……かな。ちょっとね……」

「こっちもー。奇遇ですなー」

「……でも、みっしーは元気そうだね……？」

「眠たいけどねー。夜はお父さんの仕事の手伝いがけっこう多いから、慣れてるんだー」

「え、仕事……？」

「家業？」

「あぁ、自営業的な……？　お家の仕事、手伝ってるんだ。偉いね……」

「偉いのかなー。褒められたー。やったね」

「……だけど、みっしー、いっつも朝、早くない？」

「今日は遅くなっちった。きゅーきゅーの仕事が入ってねー」

「緊急……？」

「それー。なかなか終わんなくて、途中で抜けてきちった。学校行きやって、お父さんに言われたから」

「大変だね……」

「へんたいだー。たいへんと、へんたい。似てない？」

「うん……」

想星と美島が教室に到着すると、チャイムが鳴った。

「チョイーッ！」

ワックーこと枠谷光一郎が敬礼のような仕種をしてきたので、想星はほとんど捨て鉢になって全力で敬礼した。

「チョイー……！」

おかげで大多数の同級生を引かせてしまったが、ワックーだけは親指をビッと立てて片目をつぶってくれた。

「ナイスチョイーッ！　おまえのウルトラ魂、伝わってきたわ！」

「想星！　休みかと思った！」

白森は心配してくれていたようだ。心配させてしまうとは何事だ。

「高良縊」

モエナは自分のスマホを掲げてみせた。彼女が何を言わんとしているのか、察するのに少しばかり時間が要った。グループラインか。着替えのために帰宅し、シャワーを浴びる前にスマホの通知をチェックしたはずだが、たぶんそれ以来、見ていない。

「めっちゃ眠そう。大丈夫？」

雪定にも気遣われてしまった。元気いっぱい大丈夫だと請け合いたかったが、あまり自信がないので「まあ……」という曖昧な返事になってしまった。

自分の席に着く前に、想星は窓際の一番後ろの席に目をやった。

羊本（ひつじもと）は頬杖（ほおづえ）をついて窓の外に顔を向けていた。

（何か――）

思いだせそうな気がする。思いださなければならないような気がしてしょうがない。

想星は鞄（かばん）を机に置き、椅子を引きだして腰を下ろした。

担任の大平（おおひら）先生が教室に入ってきて、籠もった声で「はーい、それじゃ……」と言ったところで、蓼志奈（たでしな）さんが号令をかけた。

「きりーつ、礼」

「おはよーっ」「おはおはー」「おはグランデ！」「何それ!?」「おっすおっすー」

同級生たちが口々に挨拶した。想星も中途半端に椅子から腰を浮かせ、蚊の鳴くような声で、おはようございます、と言った。

「早いよぉ、みんなぁ……」

毎朝のことなのに、大平先生は相変わらずまごついている。

想星は着席してため息をついた。スマホを確認しなければならない。今はだめだ。朝のホームルームが始まる。あとでいい。

（ええと、他には……）

机の上に鞄がのっている。

（そっか……あれだ、ノートとか教科書とか……）

想星は鞄を開けようとした。そのつもりだったのに、どういうわけか机の中に手を突っこんでいた。何か入っている。指先にふれた。薄っぺらいものだ。紙だろうか。

想星はそれをつまんだ。やはり紙のようだ。さして大きくはない。プリントのたぐいではなさそうだ。半分に折られているらしい。

大平先生が何かしゃべっている。

想星は机の中から一枚の紙を取りだした。A6サイズのメモ帳か何かのページを二つ折りにしてあるようだ。開いてみた。

スマホは持っていない。

書かれている文面はそれだけだった。小さめの、緻密な字だ。

「これ……」

想星は思わず呟いた。周りの同級生たちが、え、何?――といった感じで反応した。想星は右手で持ったメモを隠すように下を向いて、背中を丸めた。

「んんー?　どうしたぁ、高良縊?」

大平先生に声をかけられた。

「……ど、どど、どうもしません……」

「そうかぁ。ならいいけども」

大平先生は話を再開した。何の話をしているのか。想星はもともとろくに聞いていなかったし、まったく頭に入ってこない。

文面は短い。ただ、右下に一見して文字ではないものが書いてある。絵と呼ぶには小さい。字より少し大きい程度だ。何らかのマークだろうか。

（羊……？）

おそらく羊だ。もこもこした羊毛に体が覆われている。顔部には毛がない。前を向いている。これは羊だ。

（羊本さん……）

想星はとても小さな羊のイラストを食い入るように見つめた。彼女はいつ、どこでこれを描いたのだろう。なぜこのようなものを描いたのか。

（羊本、だから……）

想星はいつしか震えていた。なんだか目頭が熱い。鼻水が出そうだ。

（手紙——）

想星は手紙を書いて、下駄箱の彼女のボックスに入れておいた。忘れていたわけではもちろんない。眠っていないし、疲れていて、意識にのぼってこなかっただけだ。

（返事……来ると思ってなかった。そんなに期待してなかったから……）

想星は窓際の一番後ろの席に視線を向けた。彼女はやはり窓の外を見ていた。

ふたたびメモを凝視する。

（羊だ……）

元町の家具もほとんどない殺風景な家の様子が思いだされた。対照的に、凍てついた地下室は普通の家族が暮らしているリビングのようだった。しかし、ソファーに並んで座っている彼女の養父母は死んでいた。

（羊本さんが、羊のイラストを――）

なんとなくだが、初めて描いた図案ではなさそうだ。上手いのか、下手なのか。絵心のない想星には判定しがたい。けれども、ぎこちなさは感じない。彼女はこのイラストを何度も、少なくとも数回は描いたことがあるのではないか。

彼女は地下室の羊本嘉津彦と芳美夫妻を大切に思っていた。いや、今も大事にしている。二人は実の両親ではない。養父母だ。すなわち、羊本はあの夫婦の名字なのだ。だからだろうか。彼女は羊本という名字に特別な思い入れがあるのかもしれない。

想星の勝手な想像でしかない。だが、彼女はたぶん、これまでの人生で羊のイラストを何度か描いてきた。署名の代わりがその羊のイラストだった。

（……泣けるでしょ、こんなの）

想星は必死でこらえた。きっと睡眠不足や疲労のせいもあるのだろう。これで泣かないほうがおかしいとさえ思える。とはいえ、朝のホームルーム中にいきなり泣きだすのはどうなのか。おかしい。そうとう、だいぶおかしい。

（――ていうか、スマホ持ってないのか。羊本さん……）

†

授業が終わると即座に教室から姿を消す。次の授業が始まる直前に戻ってくる。昼休みも同じだった。羊本は午前中の授業が終了した瞬間、いや、正確には終了する直前に席を立って、教師よりも先に教室から出ていった。想星が昼食を買い忘れていたことに気づいたのはそのあとだった。

「あぁっ……ご飯がない……」

想星が頭を抱えて机に突っ伏すると、ワックーが購買部に誘ってくれた。玄関ホールの隅に設置されている購買部には行列ができていた。ワックーに勧められるまま、想星は四百円のチキングリル弁当を買った。

「超人気のチキングリル売り切れないで残ってるって、最高にヤバいくらいラッキーだぞ、喜べ、高良縊！　これ絶対、いいことあるな！　ありまくりだな！」

　ワックーに背中をバンバン叩かれた。

（超人気のチキングリル弁当をなぜか買えちゃったことで、運を使い果たしたんじゃないかって考えちゃう僕だけど……）

　屈託というものが微塵も感じられないワックーにそこまで言われると、元気づけられる。

　教室に戻って、自分の席で弁当の蓋を開けてから、ふと思った。

「……最後の一個だったな、そういえば」

「え？　何が？」

　雪定は隣の席でおにぎりを頰張っている。今日は南高梅と明太子で、先に明太子のほうを食べているようだ。

「や、チキングリル弁当」

「想星が買ってきたやつ？」

「うん」

　ワックーは離れたところで数人と談笑しながら、百円の唐揚げを三百円のオムライスにあとのせしようとしていた。

「唐揚げオムライス、完成しちゃいましたぁー！　うんっまそうっすわぁーっ！」

　想星の視線に気づいたのか、ワックーは立ち上がって「どうよ!?」と訊いてきた。

「チキングリル!?　うめーか、高良縊!?」

「あぁ、これから食べるところで……」

「そっかそっかそっか！　よく考えたら俺もまだ食ってなかったわ！　でも高良縊(たからい)、いっつもサラダチキンとエナジーバー食ってるよな。タンパク質重視だよな！　チキングリルは高タンパクなんじゃね。鶏肉(とりにく)だから。たぶんだけど！　あっ、こっちも卵と唐揚げで、タンパク質多めか!?」

「そうだね……うん。卵は高タンパクだし、唐揚げも鶏肉だし……」

「だよな、筋肉モリモリついちゃうかもな！　やっべえ、マッチョるかもしんねぇ！　明日にはマッチョか!?　明日マッチョかも！」

「すぐには無理だと思うけど……」

「やっぱ継続は力なりだよな！　毎日高タンパク、一日一マッチョ、二マッチョ、三マッチョ！　てか、何言ってんの、俺……!?」

教室がどっと沸いた。雪定(ゆきさだ)は含み笑いをしている。

「きっと譲ってくれたんだろうね、最後の一個。想星(そうせい)、朝からあんまり調子よくなさそうだし。チキングリル弁当食べて、少しでも元気になればと思ったんじゃない？」

「……なるほど」

網焼きされたチキンはジューシーで大変美味だった。ボリュームもすごい。これだけで五十グラム程度のタンパク質を摂取できそうだ。

昼食後、白森(しらもり)、モエナ、雪定、想星の四人で集まった。白森とモエナは背中合わせになって一つの椅子を二人で共有している。白森はその体勢を好んでいるようで、モエナは迷惑がってみせるが、実際は満更でもなさそうだ。

「で？　あれは？」

白森にせがまれて、想星は制服の内ポケットに保管していたメモを出した。すでにグループライン・ぽてと会でメモの件は報告済みだが、実物は昼休みに皆で見ようという話になっていた。白森とモエナの要望で、返事の文面は秘してある。

想星から受けとったメモを、白森とモエナは顔を寄せあってまじまじと眺めた。

「短っ……そっか、スマホ使ってないんだ、羊本(ひつじもと)さん……」

モエナが眉をひそめた。すぐに「ん？」と両目を見開いた。白森も目を真ん丸くした。

「えっ、これ……」

「何？」

雪定が首を傾(かし)げると、白森がメモを見せた。雪定は「おぉ……」と言ってから、微笑(ほほえ)みを浮かべた。

「羊だ」

「だよね!?」

白森は破顔した。

「ちっちゃい羊！　羊本さんのマーク？　かわいいんだけど！　羊本さんがこれ描いたって思うと、余計かわいくない!?」

「なんか、意外」

モエナはポケットから飴を出して、さっと口に入れた。いつもどおりナチュラルすぎて、ともすると見逃してしまいそうな所作だ。

「こういう言い方するとあれだけど、手紙なんかにイラストとか描きそうな感じ、そんなにしなくない？　てか、あたしもしないけど。飴、食べる？」

「あ、はい……」

もらったブルーベリーキャンディーは、口当たりがよく、ハーブ系のさっぱりした風味も感じられ、食後にぴったりだった。

「ね、ちょっとこれ、撮っていい？」

白森は言うが早いかスマホを出して、カメラ機能で羊本のメモを撮影した。

「やっぱい、かわいい、永久保存！」

「いいな、あたしも！」

モエナもスマホで羊本のメモを撮った。

「せっかくだから、おれも」

雪定まで。

何かそうしないといけないような雰囲気に押されて、想星もスマホを用意した。

「えと、僕も……」

「想星は実物、持っておけばよくない？」

白森がメモを差しだしてきた。

「あ、や……うん……」

ためらっていると、白森は想星にメモを押しつけた。

「これは想星が持ってないとだめだよ。だって、手紙を書いたのは想星だもん。その返事なんだから。羊本さんが書いてくれたんだよ？　羊のイラスト入りなんだから」

「……そう……ですね」

想星はあらためてメモの文面と小さな羊を目に焼きつけてから、折り目に沿って慎重に折り畳んだ。制服の内ポケットにしまおうとすると、白森やモエナ、雪定の視線を感じた。机の中に入れておいたほうがいいだろうか。それはそれで雑な扱いだ。心情的にできない。想星は軽く咳払いをし、やはり内ポケットにメモをしまった。

「スマホを持ってないって、でも、なんていうかこう、意外……だよね……」

モエナが「んー……」と唸った。

「持ってない人、多数派じゃないかもだけど。月々いくらとか、お金もかかるしね。スマホ自体だって買わなきゃだし。あたしは高校に上がるまで、親のお下がりだったな」

モエナの指摘は普通の高校生としてもっともだが、想星は別のことを考えていた。

（連絡用のツールがないと、仕事上、やっぱり不便だと思うんだよな。何か持ってはいるけど、あくまで仕事用で、私用には使えないって可能性もあるか……）

「携帯電話がなかった時代ならね」

雪定が自分のスマホを見て言った。

「家電とか、それこそ手紙でやりとりするしかなかったし。今となっては普通にあって当然だから、スマホなしの生活ってちょっと想像しづらいな」

白森は口の中に空気を溜め、頬のみならず鼻の下の部分まで膨らませた。

「むぅー。どっちにしても、羊本さんがスマホ持ってないとしたら、ぽてと会参加は無理かぁ。物理的に不可能だもん。どうしたらいいんだろ……」

「こんなときは――」

モエナが椅子を白森に明け渡して立ち上がった。

「たでっち、相談があるんだけど！」

「何よ!?　藪から棒に！」

我が二年二組が誇るひっつめ髪の学級委員長は、昼食後のひとときを読書に費やしていたようだ。蓼志奈以織は読んでいた本を机に伏せて席を立つと、黒縁眼鏡越しにモエナを睨みつけた。

「今『雑兵たちの戦場』を読み返しているところだったんだから、相談があるなら手早くしてちょうだい！　まったく！　昨日といい、今日といい、何なのいったい！」

声を荒らげ、足どりはいかにも憤然としていたが、蓼志奈はモエナを呼び寄せるでもなく自ら出向いてきた。

「さあ、何!?　言って、早く！」

眼鏡の位置を直し、腰に手を当て、胸を反り返らせる。偉そうに想星らを睥睨（へいげい）しているようでもあるが、蓼志奈がやっていることは親切そのものだ。

（すごく……本当にいい人だな、蓼志奈さん……）

想星は涙腺が緩みそうになるのを感じた。

（だめだ……疲れてるのか……まあ、疲れてるけど……眠いし……）

「あのね――」

モエナは蓼志奈の手を取って、近くの空いた席に座らせた。

「昨日の件。手紙に返事をくれて。羊本さん、スマホ持ってないみたいで」

「スマホは便利だけど、害もあるわ。なくても困らないなら、持たなくていいのよ」

「たでっち、持ってなかったっけ？」

「持っているわ。ただし、使用する時間を限定してるし、何でもかんでも検索して手軽に調べないようにしてる。馬鹿になるから」

「言い方……」

「私は事実を言っているだけよ。もともと脳が担っていた記憶や情報処理の機能を外部のデバイスに頼ったら、その部分が退化するに決まっているじゃない。ようするに馬鹿になるのよ、確実に。それで？　あなたがたはどうしたいの？　日常的な会話を成立させることが困難な羊本さんと、情報の交換をしたいってこと？　直接話さずに？　手紙のやりとりだと、なかなか迂遠ではあるわね。基本的には一対一だし。だとしたら、そうね、たとえば、交換日記とか？」

「交換――」

モエナと白森が目と目を見合わせた。

「日記！」

雪定が感心したように「へぇ……」と呟いた。想星はむしろ呆然としていた。

（交換日記……）

二人以上が一冊の日記帳を共有し、その日にあった出来事や思ったこと、相手への伝言を書いて読み合う。交換日記。想星はもちろん経験がない。ついぞ縁がなかった。その言葉自体、久々に聞いたような気がする。

「交換日記！」

モエナが繰り返し言って、蓼志奈の手を握った。

「そういえば、小学校のときやってたよね、たでっちと！」

「……そ、そうね。否定すると嘘をつくことになるから、認めざるをえないわ。手を放してくれない？」

「たでっちは毎回長文なのに、あたしはどんどん短くなって。なんか申し訳なくなってきて、やめっちゃったけど」

「いいのよ、べつに！　私だって面倒だったんだから！　手を放してくれない？」

「懐かしいなぁ。たでっち、おすすめの本とか書いてくれたよね。あたし、図書館で借りて読んだもん」

「よくもまだ覚えてるわね!?　いいから、手を放してくれない!?」

「あれ、あたし、取ってあるよ。たでっちとの交換日記。机の引き出しに入ってる」

「はぁ……!?　馬鹿じゃない!?　捨てなさいよ、あんなもの！　黒歴史だわ！」

「見たぁい！」

騒ぎだした白森を、蓼志奈が大喝する。

「興味本位で人のプライバシーを侵害しようとしないでちょうだい！　プライバシーどころか、人権侵害といっても過言じゃないわ！　いいかげん放して、陽菜！」

蓼志奈はついにモエナの手を振りほどいた。

「例の交換日記は即刻、処分すること！　いいわね!?」

「ええ……」

　モエナは目を伏せて不満げだ。何やら寂しそうでもある。

「捨てるの？　だったら、その前に二人でもう一度見とかない？　思い出の品だよ」

「それは私に切腹しろと言ってるのと一緒だわ。私に命を捨てろというのね？」

「大袈裟な……」

　想星は思わずぽつりと洩らしてしまった。もちろん、蓼志奈にねめつけられた。想星は縮こまった。

「……ごめんなさい」

「ところで、日記帳はあるの？」

　蓼志奈は想星たちをぐるりと見回した。彼女は返事を待たなかった。

「ないでしょうね。まあノートでいいとして、使っていないノートは？　そう。持ってないのね。しょうがない」

　ため息一つ残して、蓼志奈はつかつかと自分の席に戻った。鞄から何か出した。ノートらしい。蓼志奈は間もなく戻ってきて、想星の机の上にそのノートを置いた。

「たまたま予備のノートが余っていたから、あげるわ。よければ使いなさい」

「わぁ」

　雪定が目を丸くして、ぱちぱちと拍手した。モエナと白森が蓼志奈に抱きついた。

「たでっち！」

「いおりん、最高！」

「や、やめなさいっ、ひ、非常識なっ……い、いおりん⁉」

蓼志奈の顔面が真っ赤に染まり、眼鏡がずれている。白森が蓼志奈に頬ずりした。

「以織だから、いおりん！　いやだった？」

「……い、いやではないけど……いやじゃないけど……いやじゃないわ！　悪い⁉」

「ぜんぜん悪くない！　いおりん、ありがと。ノートは今度、新しいの買って返すね！」

「い、要らないわよ、貸すんじゃなくて、あげるんだから……ノ、ノートくらい……ぷ、ぷれぜんと……か、何かだと思えば、いいでしょ……」

「じゃ、プレゼント返しするね！」

「……ぷれ、ぷれぜんと、がえし……」

蓼志奈は目が回っているかのようだ。よろよろしているが、白森とモエナに抱きつかれ、支えられているので、倒れる心配はない。しかし、顔が上気しすぎて、湯気が上がっていないのが不思議だ。もう少しで茹で上がってしまうのではないか。

「……は、放して。頼むから。本の続きを読みたいから。読書したいの。お願い」

懇願を聞き容れて白森とモエナが解放すると、蓼志奈は眼鏡の位置を直しながら深呼吸をした。ポケットから油性ペンを出し、机上のノートの隣にそっと置いた。

「これでタイトルを書くといいわ。油性ペンは使い終わったら返してちょうだい。私は読書に戻るから。健闘を祈るわ」

立ち去る蓼志奈に、想星たちが深々と頭を下げたことは言うまでもない。

「タイトル、あたしが書いてもいい？」

白森が名乗りを上げた。他に立候補者は現れなかった。

「それじゃ——」

白森は油性ペンを手にすると、ノートの表紙に一字一字しっかりと書いた。

ぽてと会交換日記

「中は、まず日付を記入したら、一ページを五分割して、それから——」

交換日記の経験者だけに、モエナがてきぱきと体裁を整えてゆく。想星たちは従うだけでいい。

（書いてくれるかな、羊本さん……）

もっとも、懸念材料はそれだけではなかった。

（僕も書くんだ。何を書いたらいいんだろ……）

羊本くちなは厄介事に巻きこまれていた。自分がこのような状況に置かれることになるとは、つい最近まで考えもしなかった。

（何も起こらないはずだった——）

この校舎内で、くちなが一度も足を踏み入れたことのない場所は限られている。男子用の手洗いや更衣室、女子が存在しない部活動の部室くらいだろう。

（わたしの、目標……）

入学したとき、卒業までに、女子禁制でないエリアはすべて踏破しようと決めた。

（たった一つの）

施錠されていて、生徒は通常立ち入れない部屋も校内にはある。難度は多少上がるが、仕事用の技術を駆使すれば侵入は可能だ。むろん、おかしな真似をしている者がいると、誰かに察知されてはならない。あやしまれないよう、隠密裡に事を進めるのが大前提だ。

卒業したら二度と戻ることはないこの学校を、人知れず熟知する。当然、在学中の三年間、教員とも同級生たちとも、極力接点を持たない。持つわけにはいかない。くちなはこの学校に何も残さない。残してはならない。しかし、くちなの中には思い出が残る。

（思い出だけで、わたしは……）

くちなは鞄を肩に掛け、誰もいない放課後の廊下を歩いていた。校内は無人ではない。まだ多くの部活動が行われている。教員たちの大半も勤務時間中だ。校務員が設備の点検保守や清掃に勤しんでいる。人の気配を感じたら、その場を離れるなり、身を隠すなりして、誰とも出くわさないようにする。どうしてもそれが無理なら、さりげなくすれ違う。得意分野だ。くちなはいてもいなくても変わらない。足音も立てない。さながら幽霊だ。それでいい。

（ぜんぶ、高良縊想星のせい）

彼と同じクラスにならなければ、きっと何も起こらなかった。

よりにもよって、同級生が同業者だった。

掃いて捨てるほど就業者がいる職種ではない。居住地が近ければ、仕事でバッティングする可能性はなきにしもあらずだ。同じ学校に通っているとなれば、標的が被ることもありえなくはない。

（高良縊くんと、出会わなければ――）

くちなは二年二組の教室に戻った。中に誰もいないことは教室に入る前に確認した。待ち伏せに遭うかもしれない。仕事中なら欠かせない用心だ。学校では御免被りたい。

（何も起こって欲しくなかった）

くちなは窓際の一番後ろの席に座って机の上に鞄を置いた。鞄に頬杖をついた。目をつぶる。

くちなは同級生全員の名前と顔を即座に思いだせる。誰がどの席か。声や座り方、立ち方、歩き方もおおよそ覚えている。仕事で培ってきた観察力と記憶力の賜物だ。仕事以外でも役に立つ。幽霊同然の羊本くちなは、ひそかに同級生たちの様子をうかがって、頭に刻みつけていた。くちなはたまに地下室の養父母に話して聞かせた。今日ね、同じクラスの枠谷くんって人が、休み時間に一発ギャグをしはじめてね、ぜんぜんウケなかったんだけど、繰り返してるうちに誰かが笑って、別の人も笑って、そのうちみんな笑って……授業が始まっても笑い止まなくて、当然、先生に注意されてね、一回静かになったんだけど、葉田さんっていう人がいきなり噴きだして、ふだんは物静かで、あまりしゃべらない人なんだけど、そうしたらまたみんな笑っちゃって、学級委員長の蓼志奈さんは怒りだして、枠谷くんが土下座して、しまいには先生までなんだかおもしろくなってきたみたいで、もう本当に大変だったの。わたしも笑いそうになって。枠谷くんの一発ギャグは、とくにおもしろくなかったんだけど——。

くちなは彼ら、彼女らのことなど何も知らないのに、把握しているつもりでいた。

とんだ思い違いだった。

ただ観察しているのと直に接するのとでは大違いだ。

（知りたくなかった）

　くちなは目を開けた。窓の外は暮れなずんでいる。

（知らなければよかった――）

　机の中に手を入れた。小学生のとき、学校の先生に繰り返し指導された。帰る前に忘れ物がないか確かめてください。するとそのたびに、同級生たちが皆、机の中を手で探りだした。くちなも真似をした。皆と同じことをしている。それが嬉しかった。皆と同じところなど、自分にはほとんどありはしないのに。

　机の中にノートらしきものが入っていた。他には何もない。忘れ物ではないはずだ。勉強道具は鞄にしまってある。

　くちなは机の中からノートを出した。何の変哲もない大学ノートだ。

　ノート自体は。

　表紙に黒い油性ペンで、ぽてと会交換日記、と書かれている。

「……は？」

　くちなは鞄の上にのせたノートを前にして、十秒間ほど思考が停止していた。

　やっとふたたび頭が回転しはじめた。表題なのだろうか。手袋をつけた右手の人差し指で、ぽてと会交換日記、という文字をなぞる。おそらく女性の筆跡だ。

（白森さんか、茂江さん……？）

すぐに二人の名が思い浮かんだ。声に出して呟いてみた。

「交換、日記……」

小四の頃、クラスの女子の間で交換日記が流行していた。羨ましかった。自分は誰とも交換日記などできない。くちなは特殊な病気だということになっていた。常に手袋を嵌め、マスクを着けて、ほとんど素肌を露出していないくちなを、小学生たちは気味悪がっていた。あの子には近づかないほうがいい。病気がうつる。そのように囁きあう子たちもいた。たまに声をかけてくる子がいると、くちなは撥ねつけて遠ざけた。何かあったら。そう思うと怖かった。

（交換日記なんて、夢のまた夢――）

ウカコ。当時、くちなが考えた架空の友だちだ。実在しそうにない名をつけた。ウカコと交換日記をすることにした。もちろん彼女はどこにもいない。一人で書くしかなかった。くちなが愚痴をこぼし、ウカコが慰めてくれる。くちなはウカコに感謝する。ありがとう。どういたしまして、ずっと友だちだよ、とウカコが書いてくれる。ありがとう、友だちだよ。わたしにはウカコだけだから。友だちはウカコ一人だから。友だちでいてくれて、ありがとう。ウカコは何と書くだろう。考えても考えてもわからなくて、書けなくなった。交換日記をするため、養母に買ってきてもらった日記帳はハサミで切った。細く、細く切り刻んで、捨ててしまった。同時に架空の友だちも捨て去った。長いこと忘れていた。

「違う……」

忘れようとしたのに、ウカコはなかなかいなくならなかった。会ったことはない。会えるわけがない。それなのに、顔まで浮かんできた。声も再現できた。ウカコはくちなを責めなじった。忘れるんだ、私のこと。忘れちゃうんだ。友だちじゃないの？　私だけだって、言ったじゃない。嘘つき。ずっと友だちだって、思ってたのに。信じてたのに。ひどい。裏切り者。最低。あんたなんか、死ねばいい。

いつしか忘れていた。今、思いだした。

くちなはノートを開こうとした。呼吸が浅くなっている。緊張しているのだ。

(見たくない)

ウカコが、嘘つき、と言っている。くちなは彼女の顔を思いだせない。声もわからない。そもそも、ウカコなど存在しない。ウカコに非難される筋合いはない。彼女はくちなの友だちではない。くちなに友だちなどいない。今も、昔も。これから先も。

(どうして――)

くちなはノートの表紙をめくった。

(見たくないのに……)

一ページ目の左上には今日の日付が鉛筆で記されていた。七ミリ幅で横罫線が並んでいる。三十行だ。六行ごとにボールペンで罫線の上に線が引かれ、五分割されている。

いきなりですが〜！　交換日記を始めることにしました。
なんとな〜く気軽に書けることを書く感じでいいかな？
とりあえず初日だから、かん単に。かん単の「かん」がちょっと自信なかったに…
に！
あすみんでした！

日記は三日坊主だけど、交換日記なら意外と続くかも？
チョコ味のロールケーキはやっぱり鉄板だと思うんだけど、どう思う？
地味にさらっとしてるから、カロリーゼロな気がする罠で怖い。怖っ。
書いたら、メンバーに手渡しでもいいし、机の中でもOKだし、靴箱でもいいし。
自由に！

茂江陽菜

今日は。
林雪定です。
みんな、おにぎりの具は何が好き？

おれは全部。

おにぎりが好きなのかもしれないね。

おにぎりが大好きです。


高良縊想星と申します。

初めての交換日記という事で、何を書けばいいのか判りかねている次第です。

おにぎりの具は紅鮭などが好きです。

今日は購買部でワックーに勧められてチキングリル弁当を買い求めました。

大変美味でした。ご参考までに。

高良縊想星

「——っ……」

くちなは思わず噴きだしそうになった。

(高良縊くん、最初に名乗ってるのに、最後にまた署名してる……)

四人分の日記を三度、読み返した。ページは五分割されているので、そのうち一つ、六行が空いている。くちなは空白部を指先で押さえた。

(ここに——わたしが？　わたしに書けということ？　何を書けば……？)

Ø4　CURSED FATE

羊本くちなは困惑していた。混乱してさえいた。

「今日は、仕事があって……」

声を発すると、真っ白い息がこぼれた。

くちなは顔を上げた。正面のソファーに羊本嘉津彦と芳美夫妻が座っている。二人とも顔色がよくない。この居間の照明が青白くて少し暗いせいだ。二人が凍りついているからではない。血の気がないからではない。この部屋は地下にあって電子錠で厳重に閉鎖され、温度管理されている。それでも、ここは居間だ。戸棚も、テーブルも、くちなが座っている椅子も、テレビ台も、テレビも、二人が腰かけているソファーも、昔のままだ。どれも三人で暮らしていた家の居間にあったものだ。ここは地下の霊安室では決してない。家族の居間だ。

くちなはそう思うことにしている。信じこもうとしている。

「お父さん、お母さん、わたし、どうしたらいいの」

夫妻は答えない。

きっと考えこんでいるのだ。

「困るよね。相談されても。でも、わたしも困っている。仕事があるのに。頭の中は日記のことばかりで……」

(「だけど、いいことじゃないか」)

養父の声がする。

(「そうねえ、お友だちと交換日記なんて、楽しそう」)

養母は微笑(ほほえ)んでいる。

「……お友だち」

(「お友だちでしょう?」)

(「ああ。お父さんにはよくわからないが、友だち同士じゃないと、交換日記なんてしないんじゃないか?」)

「友だち同士じゃないと、交換日記はしない——」

(「よかったじゃない」)

(「くちなにも、友だちができたんだなぁ」)

「わたしに、友だちが……」

(「お母さん何回か言ったじゃない。学校でお友だちを作ってみたらって」)

(「くちなは、危ないから、だめだって言ってな」)

(「ちゃんと気をつけていれば、大丈夫だと思うんだけど」)

（「言いだしたら聞かないんだよ。くちなは頑固なところがあるからな」）

「友だちと……交換日記——」

（「何だっていいんだから、とにかく書いてみれば？」）

（「日記なんだろう？　今日はこんなことがあったとか」）

「今日は——」

くちなはテーブルの上に目をやった。表紙に、ぽてと会交換日記、と書かれた一冊のノートが置いてある。

「これから、仕事」

養父母は何も言ってくれない。

（教えて）

（何か言ってよ）

（黙っていないで——）

くちなはそれらの思いを口には出さなかった。

（寒い……）

この地下室の空気は冷たすぎる。

くちなは首を振った。椅子から立ち上がって、ノートを手に取ろうとした。

何か聞こえる。鈴か鐘のような音だ。

（聞こえるはず、ない……）

この地下室は断熱のために壁や天井が補強されている。その結果、遮音性もかなり高まっていて、室外の音はほとんど聞こえない。

それなのに、聞こえる気がする。

くちなは手袋を嵌めた手で両耳をふさいだ。

「まだ、聞こえる……」

逃れることはできない。どこまでも、どこまでもついてくる。

（物心がついたときにはもう——それどころか、生まれてすぐ、わたしはあの男に捕まって、檻の中に閉じこめられた。ここが、わたしの居場所……）

くちなは両耳を覆っていた手を離した。鈴のような、鐘のような電話の呼び出し音など聞こえはしない。地下室には届かない。それでいて、どこか遠くで鳴り響いてる。

ノートはテーブルに置いたまま持っていかなかった。養父母に挨拶もせずに、くちなは手ぶらで地下室を出た。

りりりりりりりん……

りりりりりりりりん……

電話は鳴っていた。

くちなは急いで階段を上がった。

りりりりりりりん……

りりりりりりりん……

もうすぐ一階のリビングだ。階段を上がりきった。くちなは明かりがついているリビングと続きのキッチンを見た。

りりりりん……――

着信音が途絶えた。

くちなはキッチンへ向かった。調理台の上に古い黒電話が位置を占めている。直前までこの電話が呼び出し音を鳴らしていた。くちなは黒電話から壁へと繋がっている電話線を掴んだ。

引き抜いてしまおうか。いっそ引きちぎってもいい。そうすれば、電話は鳴らない。出なくていい。あの男の声を聞かずにすむ。聞きたくない。あの男の声色。あの男はやけにゆっくりとしゃべる。あの間の取り方。妙になまあたたかい口調。

一つ、教えておこう。

あの男の口癖。

一つ、これだけは覚えておくんだ。

何度も聴いた。

一つ、理解していないことがあるようだね。

何回も、何回も。

一つ。

一つ。

一つ。

一つ、ではない。もはや無数だ。数多の「一つ」。あの男の「一つ」がくちなの中に積み重なっている。考えてみれば、何もかもあの男がいつか言った「一つ」だ。もしくは、いずれかの「一つ」に繋がっている。気がつけば、あの男の「一つ」だらけだ。

黒電話が震え、着信音が鳴りだした。

りりりりりりりりん……

りりりりりりりりん……

りりりりりりりりん……

りりりりりりりりん……

(「学校でお友だちを作ってみたら?」)

養母が言ってくれた。くちなを案じたのだろう。

危ないから、だめ。くちなはそう応じた。

あの男に言われたことがあるからだ。

一つ、これだけは覚えておくんだ。

友だちを作ろうなんて考えてはいけないよ。危険だからね。わかるだろう?

「わたしじゃない――」

養母の提案をにべもなく却下した。あれはくちなの考えではない。

「違う……」

あの男だ。

羊本(ひつじもと)くちなはあの男でつくられている。

りりりりりりりりん……

りりりりりりりりん……

黒電話の着信音は鳴り止(や)まない。くちなはまだ電話線を握り締めている。電話線を抜いてしまおう。引きちぎるのは難しい。不可能ではない。むしろたやすい。けれども、恐ろしい。そこまではできない。できるのに。やはりできない。せめて引き抜こう。

りりりりりりりりん……

りりりりりりりりん……

この着信音を止めてしまいたい。くちなが望めば実現できる。そんなことをしたところで、何の意味があるのか。このまま電話に出なかったら、あの男はどうするだろう。もちろん、くちなはわかっている。あの男は逆らう者に容赦はしない。くちなはすでに思い知らされている。養父母を奪われた。二人は殺されてから冷凍されたのではない。生きながら凍え死んだのだ。あの男が明言した。だから大丈夫だよ。あの男はそう請け合った。こうしてすっかり凍りついてはいるが、完全に死んでいるわけじゃない。死んでいるように見えるだろうし、限りなく死体に近い状態ではある。それでも、蘇生できるよ。ひょっとして、嘘だと思っているのかい。

一つ、教えておこう。

私も嘘をつくことはある。処世術としてね。

ただし、できることをできないと言うことはあっても、その逆はない。できないことを、できるとは言わない。

私ができると言ったら、できるんだよ。

（嘘――）

くちなはあの男の言うことなど信じていない。

（嘘に決まってる）

それなのに、養父母を生き返らせることができるのではないかという希望を捨て去ることができずにいる。

（あの男が、できると言ったから……）

りりりりん……――

着信音が止まった。

くちなは電話線を手放した。息苦しい。胸が締めつけられている。歯を食いしばる。鼻だけで息をする。両脚に力を入れて踏んばらないと、よろめいてしまう。目が眩む。気が遠くなりそうだ。

（わたしは、とんでもないことを――）

電話を無視した。二度も。

「あぁ……」

二度ではないかもしれない。もしかしたら、あの前にも電話がかかってきていたかもしれない。三度か、それ以上かもしれない。

「日記の……交換日記の……」

くちなは咳きこんだ。

（交換日記のせい。あんなものを押しつけられたせいで。正常な判断ができなくなって。今日は仕事がある。だから電話がかかってくる。わかってたのに――）

喉に何かがつかえている。

（高良縊くん、高良縊想星と出会わなければ、こんなことには……）

（「お友だちでしょう？」）

養母が目を細めて訊く。

（「くちなにも、友だちができたんだなぁ」）

養父は、感に堪えない、といったふうに腕組みをして笑みを浮かべている。

「違う」

くちなは黒電話からのびている電話線を引っ掴んだ。力任せに電話線を引っぱった。壁のコンセントから電話線が抜けた。

（また電話がかかってきたら――でも、これで……）

問題の解決にはなっていない。それくらいのことはくちなもわかっていた。電話線を抜けば、着信音が鳴らない。あの男は電話に出ないくちなに苛立つだろうか。感情を表に出す男ではない。くちなを埋め尽くしているあの男の「一つ」、無数の「一つ」、その中からある「一つ」が顔を出す。

一つ、これだけは覚えておくんだ。

私は怒っているわけじゃないよ。きみに怒りをぶつけたりはしない。ただ、それはいけないことだと示してはいる。物事はすべからく区別されなければならないからね――

くちなは壁際にしゃがみこんで、電話線をコンセントに接続し直した。最低でも二度、もしかしたら三度以上、電話に出なかった。電話に出たくなかった。あの男と話したくない。かかってこなければいい。かかってきて欲しくない。そう思っていたはずなのに、くちなは立ち上がって調理台に手をつき、黒電話を凝視していた。着信音が鳴るのを待っている。早く。一刻も早く鳴って欲しい。心待ちにしている。あの男に詫びるのだ。地下室にいた。養父母と会っていた。単純なミスだ。くちながそう言い訳をして、あの男は許すだろうか。見当もつかない。それでも謝らないと。あの男はまた何か新しい「一つ」の楔をくちなに打ちこむかもしれない。制裁だ。養父母を処分すると言いだすかもしれない。まだ完全には死んでいない、生き返る可能性が十分にある、大切な二人を。もう学校に通うのは終わりだと、くちなに言い渡すかもしれない。高良縊想星と出会い、せっかく友だちができたのに。交換日記まで始まろうとしているというのに。違う。友だちなどではない。友だちだと思うべきではない。所詮、友だちにはなれない。高良縊想星からの手紙を未練たらしく隠し持っているべきではない。即刻処分するべきだ。交換日記は返却しないといけない。返せないかもしれない。

くちなは汗をかいていた。エアコンは作動させていない。この家の室温は外気と大差ない。冷蔵庫からペットボトルのミネラルウォーターを、そしてコップを棚から出した。コップに百二十ミリリットルほどの水を注ぎ、ゆっくりと飲んだ。飲み終えてから、またあの男の「一つ」を思いだした。

一つ、教えておこう。

脱水には気をつけることだ。多少の脱水状態でも、運動能力と思考力の低下を招くことがある。情緒が不安定になって、冷静な判断を下せなくなる。

くちなは空のコップをシンクに置いた。調理台の上の黒電話に目をやる。まだ電話は鳴らない。

玄関の扉が解錠される音がした。何者かが扉を開けて中に入ってくる。

扉が閉まった。何者かは靴を脱いだ。

くちなは待った。手袋を外そうかとも考えたが、思いとどまった。何者かがリビングに姿を見せた。女だった。長身だ。百七十センチはある。金髪のボブカットで、真っ黒いドレスを着ている。あの髪は地毛だが、脱色して染めているはずだ。見かけによらず凶暴なタヌキのような顔をしている。唇は赤い。鮮血を思わせる色の口紅を塗っている。

女は黒いロンググローブをつけた手で花束を持っている。あれは何の花なのだろう。白い花弁が涙の雫(しずく)のような形をしている。

「静寂(かい)」

女はキッチンの手前で足を止め、わずかに目をすがめた。

くちなは黙って女を見返した。

女は黒電話を一瞥(いちべつ)した。

「大御様(おおみさま)は訝(いぶか)っていらっしゃるわ。なぜ電話に出なかったの」

「灯ノ浦瑠鸞(ひのうらるらん)」

くちなは答えずに女の名を呼んだ。水を飲んだばかりなのに、口の中が乾いている。

灯ノ浦瑠鸞は真紅の唇を少しだけ舐めた。それから、くすりと笑ってみせる。

「あなたごときがわたくしの名を口にしていいなどとは思わないことね、静寂」

「どう呼べば」

「恐懼して焔帝と呼びなさい」

「変な呼び名」

「お黙り、静寂」

瑠鸞は笑みを消していない。何がそれほど愉快なのか。瑠鸞は心地よさなど感じていないだろう。彼女はあの男の側近だ。少なくとも、そう振る舞っている。本人はそのつもりだ。あの男の真意は不明だとしても。瑠鸞はあの男を真似ている。おそらく、あの男より遥かに血の気が多い。どちらかと言えば激情家の部類に入りそうだが、無理をして余裕があるふりをしている。

（大丈夫——）

あの男よりはずっと与しやすい。

「何の用」

「訊かなかったかしら。なぜ電話に出なかったの」

「出ようとした」

「どうして出られなかったの」

「そういうこともある」

「今までは一度もなかったはずよ」

「今まで一度もなかっただけ」

「二度目がないといいわね、静寂。これはおまえのために言っているのよ。わたくしとしては二度目があったらあったで一向にかまわないわ」

瑠鸞は鼻先に白い花弁を近づけた。

「知っているかしら。この花。かわいらしいと思わない？」

くちなが首を横に振ろうとしたときだった。

りりりん……

黒電話が鳴りはじめた。

りりりりりりりん……

りりりりりりりりん……

「出なさい」

瑠鸞が顎をしゃくってみせる。くちなはためらった。まるで瑠鸞の命令に従うかのようで、反発を覚えた。しかし、いずれにせよ、出ないわけにはいかない。瑠鸞はそれがわかっていて、わざと命じたのだ。くちなは結局、瑠鸞の言うとおりにするしかない。瑠鸞はくちなに屈辱を味わわせたいのだ。

くちなは平静を装って黒電話の受話器を手に取り、受話口を耳に当てた。

電話の向こうにいるのはあの男だ。あの男か、もしくはあの男の代理人しか、この回線を使うことはできない。代理人はここにいる。灯ノ浦瑠鸞が自らの判断でこの家にやってくるとは思えない。あの男が指示した。瑠鸞はあの男の代理人だ。

あの男は声を出さない。それがどういうことか。くちなは察していた。

「もしもし」

くちなから話さなければならない。あの男は要求している。言葉一つ発することなく、くちなに指図しているのだ。

「静寂です」

それはくちなの名ではない。仕事の道具としての単なる記号のようなものだ。

「大御様」

それはあの男の名ではない。あの男が率いる一党内での尊称だ。くちなは断じてあの男を尊敬してなどいない。あらゆる意味における敬意を微塵も抱いていない。だから、あの男を大御様などとは呼びたくない。それでも、そう呼ぶしかない。

静寂と自称し、大御様とあの男に呼びかけるたびに、くちなは思い知らされる。

(わたしは、飼育動物)

羊本くちなという存在には、一欠片の自立性もない。

（あの男の従属物でしかない――）

『もしもし』

大御影宮古彦の声に特徴はない。聞きとりやすい声質ではある。相手を威圧するような響きはない。この声を耳にした人間の大半は、おそらく笑顔を想像するだろう。

実際、比較的小柄で、若くもなく、そう年寄りでもないあの男は、いつもにこやかな表情を浮かべている。容姿も物腰も、大御影宮古彦という大仰な、偽名かもしれない名にはそぐわない。公園のひだまりを散歩していても違和感はない。あるいは、スーパーマーケットで買い物をしていても、目を留める者はいないだろう。

『私だよ。瑠鸞はそこにいるかい？』

「はい」

『それは私に対して返事をしているのかな』

「はい……大御様」

『そうか』

「代わりますか。電話を……彼女に」

『誰に電話を代わるって？』

「灯ノ浦、瑠鸞に」

『うん。誰に代わるって？』

「……焔帝に」

『必要ないよ。瑠鸞はそこにいるだろう？』

「はい、大御様」

『一つ、考えてごらん、静寂。どうして瑠鸞はそこにいるんだろう？　きみは私の電話に出なかった。だから瑠鸞はそこにいる。きみはそう思っているだろう？』

「はい……大御様」

『たしかに、だから瑠鸞はそこにいる。でも、どうしてかな？　きみが私の電話に出なかった。私は三回、電話をかけたね。時間にして、どのくらいかな？　きっと私が瑠鸞に頼んでそこに行ってもらったんだろう。私はいつ瑠鸞に頼んだのかな？』

「それは……」

『瑠鸞はいつ、どこから、そこに向かって出発したんだろう？　ひょっとしたら、もともとずいぶん近くにいたのかもしれないね。もしそうだとしたら、それはたまたまなのかな。きみはどう思う？』

「……偶然じゃ、ない」

『そうかもしれないね、静寂。きみは電話に出なかった。出ようとしなかった。出ないつもりだったのかな？　最初から？　最初とはいつのことかな？　私が瑠鸞に頼んでそこに行ってもらったんだとしたら、それはいつだろう？』

「いつ……」

『一つ、考えてみるといい、静寂。きみは電話に出なかった。だから、私は瑠鸞に頼んだ。本当にそうだと思うかい？　何かおかしい気がしないか？』

「おかしい……何か……」

『もしかしたら、きみが電話に出ないかもしれないと、誰かが予想していたのかもしれないね。そんなことが起こったときのために、前もって準備していたのかもしれない。きみが電話に出なかったことなんて、一度もないのにね。そう。今まで一度もなかった』

「……ごめんなさい」

『謝っているのかな、静寂』

「ごめんなさい、大御様」

『一つ、教えておこう。こんな言葉があるんだ。有名な言葉だから、知っているかもしれないな。謝ってすむなら警察はいらない、というんだ。どうしたんだい、静寂？　今のは笑うところだよ。よりにもよって、警察とはね。あまり面白くなかったかな。反応がいまいちだね。私は冗談が下手なんだな。すまない』

「……いいえ、大御様」

『ともあれ、仕事を頼むよ、静寂。例の案件だ。情報は頭に入っているね？』

「はい、大御様」

『きみのことだから、手落ちはないだろう。予定どおり実行してくれ』

「はい、大御様」

『私はきみを信じている。きみの仕事ぶりは高く評価しているし、信じるに値するものだからね。信頼しているよ』

「……ありがとうございます、大御様」

『くちな』

彼がその名を口にする。

どうしてか、くちなは身震いする。

『この電話が終わったら、水を一杯、飲むといい。脱水には気をつけないとね。わかっているだろう？』

「はい、大御様」

『期待しているよ。それから、くれぐれも気をつけて。仕事は無事にやり遂げてこそだからね』

「……わかりました。ありがとうございます」

くちなが「大御様」と言い終えた瞬間、電話が切れた。

受話器を電話機に戻し、冷蔵庫からミネラルウォーターのペットボトルを出した。コップはさっき使ったものがシンクに置いてある。水を約百二十ミリリットル注いで、急がずに飲み干した。手袋を外し、スポンジに洗剤を含ませてコップを洗う。濡れたコップを布巾で拭く。ついでに手の水気も取り除き、手袋をつけ直した。布巾はダストボックスに捨てた。あとで処分しなければならない。

「感謝を忘れてはいけないわ、静寂」

瑠鸞はいつの間にか右手だけロンググローブを外していた。スノードロップの花束は左手で持っている。

「何もかも大御様のおかげなのよ。肝に銘じることね」

瑠鸞は右手の人差し指で白い花弁を撫でた。途端に煙が上がった。花弁の一点に生じた火は瞬時に広がり、勢いを増した。瑠鸞は燃える花束を右手に持ち替えた。もっとも、それはもう花束などではなかった。炎であり、燃え殻だった。

瑠鸞は最後に残った小さな火を握り潰した。

右手を開き、息を吹きかける。

灰が舞い散った。

「この家を燃やすことにならなくてよかったわ。羊本夫妻のことは子供の頃から知っているから。わたくしにも情はあるのよ、静寂」

くちなは口をつぐんでいた。

瑠鸞は薄く笑い、リビングから出ていった。玄関のほうから声がした。

「一つ、教えてあげるわ。スノードロップの花言葉は、希望、慰め。それとね、もう一つあるのよ。何だと思う?」

瑠鸞の気配を感じなくなるまで、くちなは身じろぎもしなかった。

家を出る前に地下室に下りて交換日記を持ってきた。二階で黒い私服に着替えてバッグに交換日記を入れた。

仕事のタイムスケジュールや地理、標的、関係者の情報はすべて記憶している。まだ時間があるので、地下鉄の駅に向かう途中、書店に寄った。数度利用したことがあるから、目的の本の在処はおおよそ推測できる。くちなは花と花言葉の図鑑を手にして開いた。

図鑑によると、スノードロップの花言葉は、瑠鸞が言うように三つあった。

希望。

慰め。

そして、あなたの死を望む。

くちなは図鑑を閉じて書棚に戻した。

書店を出ようとしたら、誰かに見られているような感じがした。くちなは足を止めずにそのまま書店の自動ドアを通過した。振り返って、閉まりかけの自動ドア越しに店内を一瞥した。

大きなサングラスをかけた髪の長い細身の女がこちらに顔を向けていた。

（あれは……）

くちながその女を視界に入れたのは、ほんの一瞬でしかない。サングラスのせいで顔立ちはよくわからなかった。体つきは覚えている。丈の長いベージュのトレンチコートを着ていたが、かなり痩せているはずだ。頭が小さかった。身長は平均的な成人女性より高いとしても、瑠鸞ほどではない。しかし、あの体型は印象に残る。平凡とは言いがたい。

（初めてじゃない）

くちなは地下鉄の駅までの道のりを普段と変わらない足どりで歩いた。意識して速度を制御しないと、早歩きになってしまいそうだった。

（サングラスの女。覚えているだけで、これが三度目）

髪型は毎回変えている。ただ、長さはおそらく一緒だ。服装も違う。場所も時間帯も異なっている。

大御影宮古彦（おおみかげみやふるひこ）の手の者だろうか。くちなが把握していない手下がいるのか。いたとしてもおかしくはない。あの男はサングラスの女にくちなを監視させているのかもしれない。

くちなはそれとなく周囲を見回した。何度確認しても、サングラスの女は見あたらない。尾行していないのか。それとも、あの女は監視役ではないのか。同じ女に別々の場所で複数回、たまたま出くわした。それだけのことなのか。

（偶然じゃ、ない――）

一つ、教えておこう。

あの男の「一つ」が警告している。

たとえ偶然のように思えたとしても、この世に偶然なんてありはしない。

注意力や観察力、分析力が不足していて、必然性が見いだせない。そのとき人は愚かにも、偶然という便利な言葉を持ちだすんだよ。

吐き気がする。

あの男の「一つ」を一つ一つ探して消していったら、ぜんぶなくなるまでどれくらいかかるだろう。そのあとに何が残るだろう。そこにくちなは存在しているだろうか。

Ø5　変わりゆく日々の僕らに

高良縊想星はどこにでもいる普通の高校生になりたかった。大学に進学する予定はない。専門学校にも行かない。就職することもない。高校を卒業したら本業一本に絞ることになるだろう。かつて姉がこんなことを言った。一箇所に腰を落ちつけることなく、仕事に応じて転々とする。本来それがもっとも合理的なのだと。仕事のことだけ考えれば、たしかにそのとおりなのかもしれない。想星が高校を卒業したら、姉はそうするつもりなのではないか。姉が決めたら、想星はきっと逆らえない。従うしかない。想星にとっては高校生活が最後の機会だ。高校生でいる間は普通の暮らしを味わえる。

スケアクロウ絡みの案件で墓山亭を取り逃がし、仕事は継続中だ。想星が捜し回ったところで見つけられる可能性はきわめて低いから、そこは姉が動いている。八方手を尽くしているようだ。墓山の消息を掴んだら、姉は想星に指令を下すだろう。安穏としてはいられないが、それだけに他の案件と掛け持ちするわけにもいかないし、とりあえず想星は準備を整えておく以外、やることがない。

その日は明るくなってから目が覚めた。睡眠不足だったせいか、悪夢にうなされることもなく熟睡できた。想星は疲労が残らないぎりぎりのラインを見定めて体を動かし、プロテインドリンクで水分を補給した。洗濯機を回してシャワーを浴び、迅速に銃火器の手入れをして、身繕いをした。やるべきことは決まっているが、あえて順番を固定しない。ルーティン化することにはメリットもあるが、デメリットもある。人は行動を効率化すればするほど、頭を使わなくなるものだ。ルーティンが乱れると不安になったり腹が立ったりして、冷静さを失うこともある。臨機応変な対処能力が鈍ったら致命的だ。想星の場合、命の一つや二つ失っても取り返しがつかないわけではないが、無駄に死にたくはない。想星の命は複数あるだけで、決して無限ではないのだ。

果物やツナ缶、ヨーグルト、野菜ジュースなどの簡単な朝食をとっていると、立て続けにスマホに通知がきた。ぽてと会のグループラインで白森とモエナが朝の挨拶を交わし、例の交換日記についてやりとりしている。すぐに雪定も加わった。

（賽は投げられた――）

想星は野菜ジュースを飲みながら首をひねった。

（違うかな。賽。サイコロ？　投げちゃった……まあ、とにかく、あとは羊本さん次第だし。考えてもしょうがないよね。どうなるんだろうとか。つい考えちゃうけどね……）

何を言えばいいのかわからない。しかし、黙っているのも違う気がする。想星は皆に挨拶をしてから、白森やモエナの発言に何度か相槌を打った。

（あぁ、でもなんか、緊張してきたな……）

想星は朝食を終えて後片づけをし、洗濯物を干した。その間にも頻繁にスマホをチェックした。雪定はさほどでもないが、白森とモエナのメッセージがやけに多い。二人とも羊本の出方が気になって仕方なく、落ちつかないのだろう。

(わかる。わかるわぁ……)

想星は迷った末、早すぎず、遅くもない時間に家を出た。コンビニに寄って昼食を買おうかとも思ったが、やめておいた。

(購買部も悪くないよね。栄養的にどうかなってところはあるけど、朝晩で補えばいいし。これからも昼ご飯は購買部にしようかな。ううん、普通の高校生っぽい……)

地下鉄の駅の階段を下りている途中で着信があった。姉からの電話で、想星は一瞬、無視したくなった。あくまでもそのような思いが脳裏をかすめただけだ。一度やり過ごしたところで、姉は何度もしつこくかけてくるだろう。きっと想星は根負けする。それに、報復が恐ろしい。出るしかない。

「はい、もしもし……」

想星は階段をゆっくりと下りながら応答した。

『登校中なのね』

「ええ、まあ……」

なかなかいい朝だったのに、気分は急転直下、最低の最悪まで落ちていた。

（仕事のこと……だよな。きっと。他に用件なんてないだろうし。墓山がもう見つかったのか。根性なしめ。逃げろよ。逃げまくれよ。逃げきれよ。それとも、全裸男のことか。どっちにしても、いやだ。聞きたくない……）

「――と……姉さん？」

何も聞きたくはないのだが、なかなか姉が話しださないので、訊かざるをえなかった。

「その……何か？　ありますか？　や、ないわけないか、ええと……」

電話の向こうでため息をつくような音がした。

『用がなければ電話しちゃいけない？』

「……そ――ういうわけじゃ……」

階段を下りきってしまった。想星は通行人を邪魔しないように壁際に寄った。

「ありません……けど。実際、用もなく連絡してきたり、しなくないですか……ね？」

『私とおまえは血を分けた姉弟なのよ』

「……そうです、けど」

『私なりに、おまえにとって最善の道を選んできたつもりだわ。なぜだかわからないのかしら。おまえが私の弟だからよ』

「最善……」

『文句がありそうね』

「やっ……」

『私はろくに学校にも通えなかったわ。私が五歳のときお父様が家庭教師を雇った。あの生意気な家庭教師を自殺させてしまったのがよくなかった。私はあのとき、まだ幼かったのよ。誰かに物を教わる必要なんてないと思っていた。賢い私には必要ないと。ある意味、自業自得ね。じつは後悔しているの。だから、おまえには学校に行かせた。受験勉強だってさせたでしょう？　どうなの。卒業までに、いい思い出は作れそう？』

「あぁ……それは……まあ、それなりに……」

『よかったわ。何もないよりは、何か一つでもあったほうがましでしょう？　でもね、想星。大切なものは胸に秘めておくか、頭の中にしまいこんでおくのよ。形のあるものを持ちつづけちゃいけないわ。必ず壊れてしまうから』

「形の……あるものって――」

『人であれ、何であれ、壊すことはできるのよ。敵はそれにつけこんでくる。単なる思い出ならべつにいい。いつか忘れても、忘れなくても、さして害はないから』

(――姉さんは？)

想星はその問いを口に出せなかった。

(形のあるもの。人。つけこまれる。じゃあ、僕にとって、姉さんは？　姉さんにとって、弟の僕は……？)

いつからか、姉はめったに想星の前に姿を現さなくなった。電話でも基本的には仕事に関わる話しかしない。想星は姉の言いなりだ。契約でがんじがらめにされた雇われ人のように、姉の手足となって働いている。想星は弟として姉を大事に思っているのか。正直、よくわからない。そうせざるをえないから、姉に命じられるまま仕事をしている。

たとえば姉がいなくなったら、想星はどうするだろう。

この仕事を辞めるのか。それとも、組織に依頼されたら、やはり金のために人を殺すのか。そのときになってみないと何とも言えない。とりあえず途方に暮れるだろうが、姉からは解放される。

たとえば姉が殺されてしまったら、想星は悲しむかもしれないが、自分で選ぶことができるようになる。

(僕は……弟なのに。薄情なのかもしれないけど、それはそれで——)

たとえば姉を人質にとられて、白森やモエナと引き換えに返すと要求されたら、想星はどうするだろう。

(……僕が姉さんを選ぶことは、たぶんない)

高良縊想星にとって、姉は、高良縊遠夏という人間は、決定的な弱みではない。

(もしかして、姉さんは、わざと——)

『予約をとるわ』

姉が急に話題を変えた。

「……はい？　予約？　ですか……？」

『歯医者よ』

「あぁ――え？　なんで？」

『念のため。おまえから聞いた話を総合すると、必要になるかもしれないわ』

「……何かわかったんですか？」

『まだよ。予約がとれたら、追って日時を知らせるから』

「……はい」

『せいぜい学校生活を楽しみなさい、想星――』

「何ですか？」

『……いいえ』

姉は息をついた。

『じゃあね』

通話が終わった。

想星はスマホをしまい、改札を通って地下鉄に乗った。車内では車窓に映る自分の顔をぼんやりと眺めていた。ふと思った。

（まるで似てない）

本当に姉弟なのだろうか。想星と姉とは似ても似つかない。姉は両眼を失った。それからは、眼帯をつけるかサングラスをかけるかしている。そもそも、姉の目を見るわけにはいかなかった。姉はどんな顔をしていただろう。姉が失明してからも、想星は直視できなかった。だから、姉の容貌を明確に思い描くことができない。ただ、想星と似通ったところはない。似ていると感じたことが一度もない。

半分しか血が繋がっていないからだろうか。母親が違う。そのせいで、これほどまでに似ていないのか。

想星は司町の駅で下車し、学校へ向かった。下駄箱で羊本の靴を確かめた。羊本のボックスには外履きが入っていた。もう校舎内にいるらしい。想星のボックスには自分の上履きしかなかった。ひょっとすると、例の交換日記があるかもしれない。少し期待していたので、いくらか落胆した。

（がっかりするな——）

二年二組の教室には、美島曜や蓼志奈以織を含めて五人の生徒がいた。想星は同級生たちに挨拶し、羊本の机に鞄が掛かっていることを確認してから自分の席についた。美島がふらふらと近づいてきて、長すぎる袖を振ってみせた。

「そーちゃんんー」

「みっしー……どうかした？」

「どうもしないー。ただ呼んだだけー」

「……そっか」

どうもしないというわりには、美島は誰も座っていない隣席の椅子に浅く腰かけた。想星は鞄を開け、教科書だのノートだのを出そうとしていたが、美島にじろじろ見られているのでどうにもやりづらかった。

「ええと……何？」

「なんでもなぁーい」

「……そう？」

「そぉー」

美島は両袖をぶらぶらさせながらうなずいた。

誰かが「ええんっ」と咳払い（せきばら）いをした。想星はそちらに目をやった。今の咳払いは蓼志奈だろう。彼女は背筋を伸ばして椅子に座っている。ちらりと振り返った。

「……な、何？」

想星が訊（き）くと、蓼志奈は自分の机を軽く叩（たた）いてみせた。

「たまたまよ。……ついうっかり、たまたま、机の中を一瞬、見てしまっただけ。とはいえ、行きがかり上、私としても気になって……」

小声で、気まずそうだった。蓼志奈はまた咳払いをした。

「――あっ？」

想星(そうせい)は机の中に手を突っこんだ。

あった。

ノートらしきものだ。

というか、ノートに違いない。

「学校って楽しいよねー」

美島(みしま)は謎の節をつけて歌いだした。

「がっこ、たーのしっ、がっこー、たーのしっ」

蓼志奈(たでしな)はともかく、果たして美島はこのノートが何か知っているのだろうか。疑問に思わないでもなかったが、そのようなことは取るに足らない。

「がっこ、たーのしっ、がっこー、たーのしっ」

美島が歌いつづける。想星も危うくつられて合唱するところだった。

（――いやいやいやいやっ、待て、まだ決まったわけじゃ……羊本(ひつじもと)さんが何か書いてくれたかどうか、まだわからないんだし。無記入で突っ返してきたっていう可能性だってあるわけだし。いかにもありそうだし……！）

「がっこ、たーのしっ、がっこー、たーのしっ」

美島が歌っている。

（僕が見ていいのか……？　一人で先に見ちゃっていいのかな？　みんなで確認したほうがいいんじゃない？　そうだよ。交換日記なんだし。僕一人のアレじゃないんだから。みんなが来て、全員揃ってからのほうが……怖いし。もし、何も書かれてなかったら――）

控えめに言っても、ショックだ。

しょうがないことではある。事前の承諾もなく、いきなりこちらから押しつけた交換日記なのだ。彼女に応じる義務などあるだろうか。ない。ありはしない。そうはいっても、ショックなものはショックだ。想星一人で受け止めきれるだろうか。四人いれば、そのショックを分散させることで、どうにか耐えられるのではないか。

「でもやっぱ気になるって……！」

想星は思わず口に出してしまった。しかも、わりと大きな声が出た。有り体に言えば、普通に叫んでしまった。

机の中からノートを引っぱりだすと、表紙を確かめもしないで開いた。

昨日、白森、モエナ、雪定、想星がそれぞれ鉛筆で記した文面が目に入った。

その下は、空白ではなかった。

何か書いてある。あの字だ。小さくて、細部まで注意が行き届いている。鉛筆書きだ。間違いない。瞬間的に判定できた。彼女の筆跡だ。

「はふっ……」

想星は目をつぶってノートを閉じた。

「どういうこと!?」

蓼志奈が椅子から立ったようだ。想星は首を横に振った。

「……うあぁっ」

言葉にならない。

「てかそれ何なんー?」

美島が尋ねてきた。

(知らんかったんかーい……)

まあ、美島は知らなくてもおかしくはないわけだが、だとしたら先刻の盛り上がりというか盛り上げというか扇動的な行為は何だったのだろう。

(みっしーは謎だ……)

想星は美島について考えることで精神の安定を取り戻そうとした。途中で自分が息をしていないことに気づいた。まずい。これでは精神云々の前に窒息してしまう。

「どうなのよ!?」

辛抱たまらなくなったのか、蓼志奈が駆け寄ってくる。想星は足音や振動、空気の流れで蓼志奈の接近を察知していた。まだ目を開けてはいない。慎重に息を吐いて、吸った。

「どうなの!?」

「……かっ――」

　想星はそこまでしか言えなかった。

（書いてた……何かは……読めなかったけど……）

　今はまだ人間の言葉をうまく発することができない。自信がない。想星が何度もうなずいてみせると、蓼志奈は「そう」と答えてため息をついた。

「よかったじゃないの。あなたのリアクションが奇妙極まりなかったから、心配したわ。しっ……心配といっても、一般的な意味で常識的な範囲の心配に過ぎないから、そこのところは勘違いしないでちょうだい。まあ、何はともあれ……よかったわね」

　蓼志奈さんはそれだけ告げると戻っていった。

　想星がようやく薄目を開けると、美島が長すぎる袖を振っていた。

「よかったよかったー」

「……う、うん」

「もっかい見ないのー？」

「あぁ……そう……だね、うーん……」

「てかそれ何ー？　おぉー。交換日記って書いてるー。ぽてと会？」

「まあ、ええと……なんていうか、その……」

「よくわかんないけど、そーちゃん、よかったねぇ」

美島は想星に笑いかけると、席を立ってそのへんをふらふらうろつきだした。ふんふんふーんふーん、と鼻歌を歌いながら、踊っているのだろうか。そのようにも見える。

美島は想星に背を向け、次第次第に遠ざかってゆく。蓼志奈は読書中のようだ。他の同級生たちも想星に話しかけてこない。見もしない。事情は承知していなくても、蓼志奈が言うように想星の言動はそうとう奇妙だったに違いない。興味を持ってもよさそうなものだが、あえて無視しているのではないか。皆、気を遣っている。無関心を装ってくれているのだ。

想星はあらためてノートを開いた。


簡単。

ロールケーキは食べたことがない。

おにぎりはたらこ。しばらく食べていない。

購買部は人がたくさん並んでいる。


そして、末尾にあのイラストが描かれていた。

体はもこもこした毛に覆われている。前向きの顔は無毛だ。目が二つ、鼻があって、鼻と繋がるように口がある。

（羊本さん……）

†

元町の家は、大御影宮古彦が様々な名義で各地に所有している不動産のうちの一つだ。羊本夫妻が過去に一時期、居住していたことがあるらしい。大御影宮はこの家の地下室に夫妻を冷凍保管させ、連絡用の拠点として自由に使っていいとくちなに申し渡した。けれども、あの男のことだ。その指示は半分罠だろう。くちなは数十に及ぶ監視カメラや盗聴器、赤外線や音感などのセンサーを見つけだし、すべて撤去した。以来、今回を含め、何度も調べているが、新たに設置した形跡はない。あの男がその件に言及したこともない。安心したわけではなかった。気を抜くのは確実に間違っている。その必要があるとあの男が感じれば、くちなは徹底的に見張られるだろう。

あの男は一党の者に忠誠を求めている。与えられた仕事をこなすことで忠誠心を示し、証明しなければならない。

「ない――」

くちなは調理台の上の黒電話を見るともなく見ていた。

「盗聴器も、カメラも、センサーも、見つからない……」

あの男が電話をかけてくることはわかっていた。それなのに、くちなは出なかった。あれはとても危険な行為だった。承知の上で、危ない橋を渡った。

呼び出し音を何度か無視したとしても、最終的に自分は受話器をとるだろう。くちなはそう予想してもいた。結局、反逆することはできない。謀反を起こせば、あの男は羊本夫妻に危害を加える。夫妻は二度と生き返れなくなる。本当に死んでしまう。

ただ、あの男がくちなの犯行を黙って見逃すことはあるまい。何らかの罰を下すはずだ。くちなを懲らしめ、おそらく自由を制限する。

(覚悟はしてた)

むしろ、そうなることを望んでいたのかもしれない。

かりそめの自由など、いっそないほうがいい。

(あの男がいる限り、わたしには何も――)

大御影宮古彦にまともな倫理観が備わっているとはとうてい思えない。快楽殺人者ではないが、あの男はどう考えても異常者だ。くちなも他人のことは言えないが、あの男にとって人殺しは禁忌ではない。だからこそ、喜びもない。必要ならば、相手が誰だろうと、いつでも、いくらでも殺せる。必要がなければ、わざわざ殺すことはない。

必要なら、あの男は一党の者を動かし、何の罪もないただの高校生だろうと抹殺させるだろう。

（だから、わたしには関わらないほうが――）

やはり羊本くちなは誰とも関わってはいけないのだ。関わりたくても関わりようがない。くちなはそうなって欲しかったのだろうか。おかしなことをするな。余計なことを考えるな。遠回しにでもあの男に脅されれば、あきらめがつく。

（あの男は、わたしを……監視していない……？）

くちなは下唇を噛んで首を横に振る。結論を出すのは早計だ。各種装置ではなく、何か別の手段を用いて、あの男はくちなの行動を把握しているのかもしれない。あの男はくちなや灯ノ浦瑠鸞のような特殊な人材を蒐集している。くちなが知らない、遠くからのぞき見したり、心を読んだりすることのできる者が、あの男に力を貸しているのかもしれない。サングラスの女のことも気になる。尾行されているのか。その可能性は前々から考えていた。登校日はなるべく長い時間、学校で過ごす。くちなにとって、学校はたった一つの日常であり、それゆえに、えがたい非日常でもある。仕事につきまとう血腥さを忘れられるし、さすがにあの男の手も学校の中にまでは及ばない。

（スパイがいるのかも……）

これまでは疑わないようにしていた。疑いはじめたらきりがない。誰も彼もがあの男のスパイに見えてくる。

（高良縊くんだけは違うとしても――）

彼は同業者だ。大御影宮古彦(おおみかげみやふるひこ)や、その一党に属しているくちなとは、明らかに系統が違う。むしろ、商売敵だろう。

高良縊想星(たからいそうせい)以外の生徒はどうか。

(たとえば……林(はやし)くん)

廊下で声をかけられた。殺せない。くちなはとっさにそう判断した。

案山子(かかし)のように立っていて、爽やかに笑っている。体臭がない。気配を感じさせない。

(あの人、ただの高校生なの……?)

偶然かもしれないが、林雪定(ゆきさだ)はもともと高良縊想星と近しかった。思いがけなく高良縊想星は同業者だった。高良縊との縁で、林もあの日のポテパに参加した。たまたまかもしれないが、廊下で声をかけられた。

——また逃げ回っているの?

林はくちなにそう言ったのだ。

また、と。

(……林くんはわたしを——見張っている? あの男の息がかかった、スパイ……?)

この仮説が正しければ、くちなの動静はほぼ筒抜けだろう。ポテパでの振る舞いや交換日記に書いた文面まで、あの男に知られている。そういうことになる。

(でも、他の人だって——)

林をあやしむ根拠は些細な出来事で、こじつけかもしれない。かえって、不審なところが一切ない人物のほうが疑わしいのではないか。いかがわしいスパイは役に立たない。警戒すべきは、まったくスパイらしくないスパイだ。

だとするなら、容疑者はとめどなく増える。高良縊想星さえ白とは言いきれない。同級生の同業者で、期せずして標的が被った。そうではなく、あの男が仕組んだことなのだとしたら？　高良縊はあの男によってくちなが入学した高校に送りこまれた。ずっとくちなを監視していた。そして、あの男の指示で芝居を打った。

（ありえない——）

そう断言できるだろうか。

（わたしは、高良縊くんを……助けた）

気になってあとを追うと、高良縊は小学校の時計塔内で窮地に陥っていた。おそらく標的を仕留めようとして、反撃されたのだろう。あれもぜんぶ演技だというのか。

（……疑心暗鬼。何もかもが疑わしい。それこそが、あの男の狙いなのかも——）

くちなはあの男を信じてはいない。信じられるわけがない。あの男への忠誠心などない。しかし、くちながあの男に唯々諾々と従っていれば、羊本夫妻があのようなひどい目に遭うことはなかった。羊本夫妻とくちなの三人で暮らしていられた。

（飴と、鞭……）

くちなは家族が欲しかった。あの男はくちなに羊本夫妻を与えた。

なぜくちなは仕事を辞めたいなどと言いだしたのだろう。あんなことを考えるべきではなかった。あの男に背いたりしなければ、今もまだ二人は生きていた。

(生きて——違う、お父さんも、お母さんも、死んでなんか、ない……)

そうだ。あの男に謝罪しよう。金輪際、逆らわない。仕事に励む。あの男の前で土下座でも何でもして誓うのだ。忠誠心を示していれば、いつかあの男は何かご褒美をくれるかもしれない。それはきっと、くちなが欲しているものだろう。

(また、お父さんとお母さんに会えるかもしれない)

二人とも、死んでいるわけじゃないよ。

あの男は保証した。完璧なまでに凍って、眠りについているだけだ、と。

信じてはいない。信じられるわけがない。信じたいだけだ。

あの男を信じたい。

「仕事は、ちゃんとする」

くちなは呟いた。あの男がどこかで聞いている。ずいぶん探し回ったが、盗聴器はない。この声をあの男が聞くことはない。それなのに、聞かれているような気がする。聞いて欲しいとさえ思う。

「仕事は、するから」

くちなはリビングの隅に置いてあった鞄(かばん)を持って家を出た。元町(もとまち)の家は山の手と呼ばれる高級住宅地に建っている。外灯の明かりを極力避(さ)けてなだらかな坂を下ってゆくと、地下鉄の駅周辺に広がる商店街に行きつく。その手前の一角には古い雑居ビルや老朽化した集合住宅が並んでいる。

くちなはとあるビルの一階で営業している「ポピイ」という喫茶店に入った。ドアベルが鳴っても、カウンターの向こうにいる腰の曲がった老店主はくちなを見もしない。客はくちな一人だ。音楽が流れているが、外国の曲だということくらいしかくちなにはわからない。くちなは奥のテーブル席に座った。依然として微動だにしない老店主は、分厚い眼鏡をかけている。ずいぶん目が悪いようだ。耳も遠いのかと思いきや、くちなが「コーヒーをお願いします」と声をかけると、老店主は数秒後に「はい」とだけ返事をし、手回しのコーヒーミルでヒーヒー豆を挽(ひ)きはじめる。

くちなは鞄からノートとペンケースを出した。老店主が一杯のコーヒーを運んでくるまで、かなり時間がかかることをくちなは知っている。深夜や朝方でも開いていることがあるし、昼間に閉まっていることもあるような店なのだ。いつ入っても、客は一人か二人、いるかいないか。どの客も老店主と同じくらい年老いている。それでいて、歳月を経た店内には埃(ほこり)一つない。

くちなはノートを開いた。

たらこ〜！
あたし、たらこのパスタ大好き。たらこスパゲッティ！
自分で作ったりもするけど、なんかお店のとは違う気がするんだよね。なんでかな？
夜、寝る前に動画見て体操とかしてる。
こないだ公園で逆上がりしようとしたら、できなかった…
あすみんでした！

ロールケーキは人類の必修科目だから！　基礎だしね。
今度、食べさせるから覚悟してね。
レアチーズモンブランか普通のモンブランか、どっち買うか無限に迷ってる。
どのみち両方買うんだけど、順番も重要だから！

茂江陽菜

今日は。
林雪定です。
みんなに質問したのに、明確に答えてくれたのは想星と羊本さんだけでした。

紅鮭もたらこも王道的においしいね。

チーズおかかは手作りの店でできたてを買うか、自分で結ぶと最高です。


今日も購買部に行き、オムライスと唐揚げの組み合わせを試しました。

濃厚な味わいで大変満足感がありました。

次はハンバーグ弁当かカレー弁当に挑戦してみたいと思っている次第です。

予約をすることでおかずが充実したA～Cランチ弁当を買うことができるとの由。

今度、注文してみようと考えています。

高良絃想星

読み終えると、くちなはカウンターに目をやった。老店主はまだコーヒーを淹れる準備をしていた。

ペンケースからシャープペンシルと消しゴムを取りだした。もう一度、四人の日記を読み返してみる。食べ物の話題が多い。くちなは食事にこだわりがないので、あえて書くほどのことは思いつかない。

（たらこ……スパゲッティ？　知ってはいる。食べたことは……ない、と思う。たらこのおにぎりと共通点が？　たらこだし。モンブラン……ケーキ？　モンブランは山の名前。

たしかアルプス山脈で一番高い。レアチーズ……モンブランは栗じゃなかった？　チーズおかか。チーズと、おかか。できたて？　自分で……結ぶ？　おにぎりはおむすびともいう。それで、結ぶ？　林くんが自分でおにぎりを？）

林雪定が腕まくりをし、湯気が上がる炊飯器の側で熱々の白米を握っている。そんな姿が容易に想像できた。

（スパイ……かもしれない――）

くちなはそっと息をついた。

（そのときは、そのとき）

確定事項ではない。疑心暗鬼に陥らせるのがあの男の目論見かもしれないし、現時点では何も気づいておらず、疑ってもいないふりをしているべきだ。林はスパイではない。

（いつか尻尾を出すまでは――）

薬缶がピューと音を鳴らした。湯が沸いたようだ。老店主はコンロの火を消して薬缶を手にした。沸騰直後は温度が高すぎるようで、老店主はしばらく薬缶を持ったまま湯を冷ます。コーヒーはまだできあがりそうにない。

（白森さんは、動画を見て体操……公園で、逆上がり……）

くちなは白森明日美のすらりとのびた肢体を思い浮かべた。運動神経は人並み程度だろうが、体の使い方さえ覚えれば逆上がりくらいはどうとでもなるだろう。

（わたしが教えれば――）

眉をひそめる。

（できない。そんな危険なこと。ありえない……）

手袋さえつけていれば大丈夫だ。さわっても問題ない。それはわかっている。ただ、手袋越しなら絶対に平気だと心の底から信じてはいない。万が一ということもある。

（購買部――）

昼休みになると、購買部の前に高校生たちがひしめき合うようにして、それでも割りこんだりせず、列をなしている。あの中にくちなが加わることはない。

（一度でいいから……）

そのようなことは考えるまい。望んではいけない。

（何を書こう――）

†

放課後、想星（そうせい）は白森とモエナに誘われて、学校の近くにある公園に寄った。三人は雪定にも声をかけたのだが、用があるとのことで断られた。雪定は申し訳なさそうで、それ以上にずいぶん残念がっていた。

白森(しらもり)は制服のスカートの下にジャージを穿(は)いて鉄棒を前にし、準備万端だった。

「はい！」

モエナが白森と想星(そうせい)に飴(あめ)を配った。黒い個別包装に、黄色と白の字で「げんき1000倍アメ」とある。

「これ、なんかあやしくない……？」

白森はそう言いながらも包装紙を破り、中から出てきた薄緑色の飴を口に入れた。

「おおぅっ、すっぱあまっ」

想星も白森に続いてげんき1000倍アメとやらを食べてみた。

「うん、あまずっぱい……」

「あまずっぱ系っていうより、すっぱあま系じゃない？」

白森が鉄棒を両手で握って体を前後に動かしながら言った。想星は「あぁ……」とうなずいた。

「つまり、すっぱさが先にきて、そのあとに甘さが……ということ？」

「そうそう！　それ、それ！　あっ、髪！」

「ほれ」

モエナがヘアゴムを差しだした。白森はヘアゴムを受けとり、それを用いて髪の毛をまとめた。

「よっし、やりますかぁ」

「クエン酸とかいっぱい入ってて、地味にマジで効果ある飴だから」

モエナが右手の親指をグッと立ててみせると、白森は勢いよく鉄棒を引っ掴んだ。

「しゃあっ……！」

まずは右足を振り上げ、両腕に力を入れて鉄棒に体を引きつける。しかし、白森の腹部は鉄棒に接しなかった。

「んんっにゃあぁ……！」

なんとかそこから体を引き上げようとしているが、無理だろう。

「……やり直したほうがいいかも」

想星が控えめに言葉をかけると、白森は曲げていた両腕を「ぎゃうっ」と伸ばした。白森の体が降下し、鉄棒を掴んだまましゃがむ姿勢になった。

「だめだぁ。ちっともできない……」

「まあ、初回だし」

モエナがスマホを見た。昼にカメラ機能で交換日記を撮っていたので、画像を確認しているのだろう。想星は目に焼きつけた。羊本が昨日か今日の登校前に書いたのだろう文面は、何度となく読み返し、字の配置まで記憶している。

「えーと、念のためもっかい読むね――」

モエナが読み上げると、想星の脳裏に交換日記のページがありありと浮かんだ。


逆上がりのこつ。

足を高く振り上げる。

同時に腕で体を鉄棒に引きつける。

それから、全身を鉄棒に巻きつける。

白森さんなら練習すればすぐできると思う。


当然、末尾には羊のイラストが描かれていた。羊本からの助言を読んで、これは是が非でも逆上がりを成功させなければならないと白森は奮起したのだ。

「おっけぇ！」

白森は立ち上がって「ふうっ！」と強く息を吐いた。

「あたしならぁ、練習すれば、すぐできる……！」

まず右足を振り上げる。

「——で、同時にぃ……！」

両腕で体を引きつけないといけないのだが、同時に、と口にしている時点でタイミングが遅れてしまっている。

「んんっ……」

今回も白森の腹部は鉄棒に接触しなかった。白森はまた両腕を伸ばしてしゃがむ姿勢になった。

「……ぬぁ、ぐっそぉ！　できねぇ……」

「あすみん、口……」

モエナが指摘する。白森は泣き顔になった。

「だってぇ。ちっちゃい頃はできたのにぃ……」

「え、できたんだ？」

「……一回は？　たしか。できた……気がする……んだけど、気のせいかも。無意識のうちに記憶を改竄して、自分を美化してるのかも……」

「んー。小学校中学年くらいのときは、体がもっとこう、軽かったもんね。あたしでも軽かったから、あすみんはもっと軽かったでしょ」

「棒みたいだったからね、あたし。物干し竿みたいって、ママに言われてたもん」

「あ、あの――」

気後れしたが、想星は思いきって口を挟んだ。せっかく白森がやる気になっている。羊本のアドバイスは的を外していないが、たぶんこのままではおぼつかない。

「最初がね、ちょっとこう、足の置き方っていうか……」

「足？　どんな感じ？」

「ええと」

想星は右足を後ろに、左足を前に置き、「それで、こうやって――」と右足を後方から振り上げてみせた。

白森は想星を真似して、右足と左足を前後に配置した。

「……あれ？　あたしさっき、両足そろってた？」

「わりと、そうだね。右足を後ろに引いておくと、振り上げるっていうか、蹴り上げる勢いをつけやすいから」

「そっか！　あとは、あとは？」

「うんと、どう言えばいいのか……羊本さんは『高く振り上げる』って書いてたよね」

「書いてた」

「何だろうな、だから、右足を前方に蹴りだすんじゃなくて、上にある鉄棒をキックするみたいに……本当に鉄棒をキックしちゃったらだめなんだけど、腿を鉄棒にぶつけるようなイメージかな。それと、体を引きつけるのとキックはできるだけ同時に――」

「高良縊さ、やって見せてくれたら、わかりやすくない？」

モエナが提案した。もっともだ。問題は、逆上がりのような単純な鉄棒技をわかりやすく実演できるか。

「じゃ、やってみるね……」

この公園には高さが少しずつ異なる三台の鉄棒が連結されて設置してある。白森は真ん中、高さも中段の鉄棒を使っているので、想星は一番高い鉄棒にした。

試しに逆上がりをすると、あっさりできてしまった。

「想星、すっご！」

「軽々だよ、やっば！」

白森とモエナに賞讃（しょうさん）されて、悪い気はしないが照れくさい。所詮は逆上がりなのだ。

「……あ、いや、これくらい——ていうか、今のでわかった……？」

「んー」

白森は首を傾（かし）げた。

「そんなに力はいらないのかな、とか？　そのくらい……？」

「あたしには一生できないんだろうなと思った」

モエナはあっけらかんとしている。やはり、ただ息をするように逆上がりをしてみせるだけでは手本にならず、参考にしてもらえない。

「だから、まあその……力の強さより、方向とタイミングなんだよね。そんなに力はいらないっていうのは、そのとおりで……」

「方向とタイミングかぁ……」

白森はぴんとこないようだ。しかし、何か閃いたらしい。

「そういえば思いだしたんだけど、小学校で逆上がりしたときって、先生が補助してくれなかった？」

「してくれた！」

モエナが俵か何かを担ぎ上げるような動作をした。

（それ、逆上がりの補助……？）

想星は内心で疑問を呈し、白森は目を瞠った。

「ちょっとモエナ、持ち上げられすぎじゃない!?」

「ぜんぜん上がらなくて、あたし！　思わず自分でマグロかってツッコんじゃった！」

「マグロ!?　冷凍の!?」

「冷凍か生かは知らんけど！　とにかくあたしは補助ありでも無理だったけど、あすみんならいけるんじゃない？　高良縊、お願いね」

「……あ、はい」

想星は返事をしてから自分を指さした。

「え？　僕……？」

「あたしに補助なんてできると思う？」

モエナも自分の胸に人差し指を突きつけた。

「あすみんが危険だよ？　怪我させちゃいたくないし。そうなると当然、高良縊しかいないでしょ？」

「……はい。まあ……」

想星はなぜか姉から連絡が来たらどうしようという懸念に神経を向けようとしていた。実際、いつ姉が電話をかけてきてもおかしくはない。その心配はあるにはあるし、忘れていたわけではないが、どうして今、姉や仕事のことなど考えなければならないのか。

「あたし、けっこうガタイがいいからなぁ。想星、大丈夫？」

白森は逆上がりに取りかかろうとしている。

「……ええ、それは、はい……」

想星は白森を補助できる位置取りを見定めようとしつつ、姉や仕事のことを気にしてみたり、ガタイがいいとはどういうことだろうと思案してみたりした。

（あすみん、背は高いけど、ガタイがいいとは言えないような……）

こう見えて、並の高校生男子よりはよほど鍛えている。白森明日美の一人や二人、何ほどのこともない。十分支えられる。何の問題もない。

「ええと……いつでもどうぞ」

「ぁいっ！」

白森は、はい、と言おうとしたのではないか。右足を振り上げ、両腕で体を鉄棒に引きつけようとした。これまでよりはいい。もう少しで腹が鉄棒につきそうだ。想星は反射的に白森の腰に右手を添えた。身体的な接触は最小限に抑えることができたと思う。

「――んひゃっ……」

白森の体が鉄棒に引っかかろうとしている。

「左足……！」

想星が声をかけると、白森は「ふっ！」と左脚をばたばたさせた。

「高良縊！」

モエナが、なんとかせよ、といったふうに叱咤する。畏れ多かったが、想星は左手で白森の左脚大腿部を押さえた。

（――ジャージ越しだからセーフ……！）

断じてセクハラではない。セクシャルハラスメントとは職場などにおける性的ないやがらせだ。ここはもちろん職場ではないし、この行為は決していやがらせではない。純粋な意味における逆上がりの補助だ。

「んなっ……」

白森が骨盤のあたりを支点にして鉄棒にぶら下がる恰好になった。その瞬間、想星は素早く白森から手を離した。

「あ、頭を持ち上げて！」

「ふいっ！」

白森は体を回転させ、下になっていた頭を高い位置まで移動させた。

「──はっ⁉　できたぁ！」

「一発じゃん！」

モエナが拍手した。

「すごいよ高良縊、補助うまっ！」

「……あぁ、や、そんな……」

想星はどうしてか両手を挙げていた。どうやら補助終了時から挙げっぱなしだったらしい。やましいところはないというアピールだろうか。

（頼まれて補助しただけだし、友だち……だし、他意はないし、こんなふうに意識しすぎるほうが変なんだろうけど、なんていうか、こう……）

「よっし！」

白森は鉄棒から下りた。

「補助なしで成功させるまで、がんばる！　想星、あと何回かお願い！」

（──お互い、あたりまえだけど、他意はないんだ）

そもそも、想星は他者とこうした関わり方をしてこなかった。免疫がなさすぎる。おかげで妙な葛藤が生じているのだろう。

（逆上がりを成功させる。すべてはそのために……！）

想星は両手を下ろしてレスリング選手のように構え、力強くうなずいた。

「はい！　どうぞ！」

「行っくよぉ」

「がんば、あすみん！」

「んにゃっ……！」

†

昨日、想星とモエナに手伝ってもらって、公園で逆上がりの練習したよ！

羊本さんのアドバイスのおかげで…

逆上がり、見事！　できるようになりました～！

うれしい！　ありがとうね！

今度、一緒に公園に行って、逆上がり見せたいな。できなくならないように毎日練習！

毎日はきついか…　あすみんでした！


あすみん、偉い！　あたしは逆上がりなんて一生無理！

小6の運動会がトラウマ。100m走で転んじゃって全校生徒の前で鼻血出して。
でも、そのあと、生まれて初めて回らないお寿司食べて全回復した。
寿司職人になりたいってマジ思った。
あたしの小学校の卒業文集「生まれ変わったら何になりたい？」の答え、ハンバーグ。
茂江陽菜

逆上がりの練習、行けずに残念です。
林雪定です。
鉄棒だと、大車輪くらいまでなら教えられるかな？
離れ技は危険だろうね。
昨日は夜食におにぎり茶漬けを作りました。
焼きおにぎり茶漬けもおいしいよ。

微力ながらあすみんの逆上がり練習に協力させて頂きました。
もっと効率的に力添えできたのではないかと反省しております。
今日は購買部でAランチ弁当を予約の上、購入しました。
コロッケにハンバーグ、焼き鮭、ウインナー、ナポリタンにライスと盛り沢山でした。

なお、Bランチはヘルシー志向で、Cランチは別名・メガ盛り弁当とのことです。

高良縊想星

逆上がり、おめでとう。

考えてみたけど、大車輪は難しいと思う。

ハンバーグに生まれ変わるという発想はなかった。

食べられる着眼点。

AかBかCなら、Bランチがいい。


想星は羊本が日記の末尾に描いた羊のイラストを眺めた。本日最後の授業中なのだが、もっぱら交換日記を読み返したり、今日の分として何を書こうか考えたりして過ごしている。交換日記のノートは机の中に潜ませ、たまに引きだしてちらちら見ているので、教員から注意を受けることはない。想星が本気を出せば、教員に気づかれることなく教室から出たり、入ってきたりすることもできる。

（よくないよね。うん。よくはない。でも、しょうがなくない……？）

想星は交換日記のページをめくった。白森、モエナ、雪定の三人はすでに今日分を書き終えている。

ありがとー！
朝一で家の近くの公園で逆上がりやってみたけど、ちゃんとできたよー！
そういえば、オーロライルミネーション始まったね。
地味に何年も見にいってないな〜。
みんなで見にいけるといいよね！
あすみんでした！

なんか急に、やせたくてウォーキングしようと思って、ネンザした過去が…
幼稚園のときに砂場で肩外れてから、運動は無理だわ。
焼きおにぎり茶漬けはやばそう。丼で食べたい。
オーロライルミネーション、あたしもこのごろ行ってないな。
屋台も出てるよね。花よりだんごでごめん。

モエナ

林(はやし)雪定です。
大車輪、難しいかな。握った手を離さないで回ればいいだけなんだけどね。

恐怖心?

オーロライルミネーションは見に行ったことないな。

静町でこの時期にやってるんだっけ。

昔はオーロラじゃなくて白いイルミネーションだったとか。行ってみたいね。

(――オーロライルミネーション……)

静町の市役所通りと交差するグリーンベルトで例年開催されているイベントだ。グリーンベルトを挟む道路に面した並木と並木の間のスペースは、広場や公園として活用されている。そうした広場、公園を電飾で美しく飾り立てるオーロライルミネーションには、市外からも見物客が集まるという。

想星も見たことはある。イルミネーションを見に行ったのではなく、イベント期間中にグリーンベルト付近で仕事をした。

(あれがオーロライルミネーションにまつわる唯一の思い出なんだよな……)

どこにでもいる普通の高校生としてはどうかと思う。

結局、そうありたいだけで、どこにでもいる普通の高校生ではまったくないのだ。

想星はノートを机の上に置いた。教科書で隠したりはしなかった。堂々としていれば、教員に見とがめられることはまずない。

オーロライルミネーションは数年前に一度見たきりです。

大車輪は危険なので、次に挑戦するとしたら後ろ回りか前回りがよいかと思います。

今日はBランチを予約し、食べてみました。

焼き鯖、梅しそ入りチキンカツ、酢豚風厚揚げ等、さっぱりしていました。

オーロライルミネーション、行ってみたいですね。

高良縊想星

悩んだあげく、雪定に倣ってこの表現を選んだ。

(やぁ、でもなんか、大胆？　なんじゃ……ううん、どうなんだろ。雪定が「行ってみたい」って書くのと、僕が同じように書くのとじゃ、微妙に違うような……どこが違うんだって話だけど、何だろうな、ちょっといやらしい？　みたいな？　いやらしい……？　みんなで行きたいってだけなのに？　みんなで——そっか、そうだ、「みんなで」って書くべきだよな。そうだよ。みんなで行きたいんだ。思い出になるし……)

想星は「行ってみたいですね。」の部分を消しゴムで消し、「みんなで是非、行ってみたいですね。」と書き直した。

(……行ってみたい——)

(是非……?)

強い願望が自然に表れてしまった。

弱めるべきだろうか。「是非、」は不要かもしれない。

(でも——気持ちとしては、是非……)

想星は授業が終わるまで迷いつづけたが、「是非、」は削らないで残すことにした。担任の大平先生がやってきて帰りのホームルームを始める直前、ぽてと会のグループラインに白森がメッセージを送ってきた。日記を書き終えたか確認するだけの短い文面だった。想星は返信する代わりに、視線を向けてきた白森にうなずいてみせた。

「はーい、それじゃ……」

連絡事項を伝え終えた大平先生がそこまで言ったところで、蓼志奈が「きりーつ、礼」と号令をかけた。

「おぉっ、早いよぉ、委員長……」

大平先生は慌てて頭を下げた。

「はい、みんな、さようならぁー」

「さようならー」「奈良ー」「奈良って!」「ならならー」「さようならー」

生徒たちが思い思いの言葉で挨拶をして、椅子をひっくり返して机にのせ、教室後方に移動させはじめる。想星も鞄を肩にかけて机を持った。交換日記は鞄の中だ。掃除当番の清掃後、教室に戻ってきて、彼女の机の中に交換日記を入れておく。それまでの時間は、白森やモエナ、雪定と渡り廊下あたりで適当に潰す。申し合わせたわけではないが、そのような流れが定着しつつある。

（高校生だなぁ）

思えば感慨深い。高良縊想星はどこにでもいる普通の高校生になりたかったし、普通の高校生のふりをしようとしていたが、校内での人付き合いすら限定的で、校外に至っては皆無に近かった。正直なところ、自分が高校生らしい生活を送ることができるとは夢にも思っていなかった。

（そんな僕が、だよ……）

想星はあえて友人たちの動向を確かめずに教室をあとにした。とりあえず渡り廊下に行けば、誰かは来るだろう。来なければ、スマホで連絡をとればいい。

（姉さんから電話がかかってこなきゃいいけど――）

それだけが気がかりだ。

（今日は金曜だしな……）

何もないとは思えない。思うべきではないだろう。覚悟はしておいたほうがいい。

（そのときはそのとき――）

「高良縊くん」

「ひっ!?」

想星は跳び上がって空中で百八十度近く転回した。ここは廊下だった。むろん学校の廊下だ。付言すれば、二年二組の教室からさして離れていない。下校しようと玄関を目指す生徒も、部活動へと向かう生徒もいる。想星は渡り廊下に行こうとしていた。その前に、トイレに寄ろうと考えていたかもしれないし、考えていなかったかもしれない。とにかく完全に不意を衝かれた。彼女に呼び止められることなど微塵も想定していなかった。

「お、あっ、わっ、しょっ、いっ……」

「……わっしょい」

羊本くちなは眉根を寄せて呟いた。奇異な言葉を耳にして、想星は首をひねった。

「え？ わっしょい……？ おみこし？」

「あなたが言った」

「僕がっ!?」

「わっしょい、と」

「う、嘘……？」

「本当」

「……そ――ですか。あぁ……とくに意味はなくて。たぶん。無意識に出てきた音が、たまたま、わっしょいになっちゃったっていうか……」

「よりにもよって、わっしょいに」

「う、うん。なぜか、よりにもよって、わっしょいに……」

「わっしょい……」

　羊本はうつむいた。何かをこらえているかのようだ。しかし、彼女はすぐに上目遣いで想星を見すえ、右手を差しだした。当然、手袋をつけている。

「あれを」

「……あれ？」

　想星は首筋を押さえた。

（あれ――）

　羊本は何を指してあれと言っているのだろう。あれ。あれ？　あれ、とは？　想星は一生懸命、頭をフル回転させた。しかし、どうしてもわからない。

「だから」

　羊本は目を伏せた。

「……あれを」

　ものすごく言いづらそうだった。彼女はその名を口にしたくないのだ。なぜなのか。彼女は手を出している。どういうことだろう。想星に何かを求めているのか。

（よこせ――ってこと……？　僕が、羊本さんに――）

想星は両眼を見開いた。

「あぁっ！」

慌てて鞄の中から交換日記を出した。途端にひったくられた。間髪を容れず回れ右をする間際、羊本は交換日記を両腕で胸に抱いていた。彼女は無言で歩き去った。

想星は少なくとも十秒間は放心していた。羊本に呼び止められた。それだけでも事件だった。けれども、本当の大事件はそのあとに起こった。

(羊本さんが、交換日記を自分から……)

事実なのだろうか。信じられない。想星は鞄の中を探った。交換日記は見つからない。やはり彼女に渡したのだ。

「いやぁ、なんか……」

想星は天井を仰いだ。

(言葉にならない……)

ポケットの中でスマホが振動しても、想星はある種の余韻に浸っていた。マナーモードにしてあるので、それが電話の着信だとすぐにはわからなかった。グループラインの通知だと思ったのだ。

間もなく電話だと気づいて、血の気が引いた。

「うっ……」

想星は短く呻（うめ）いてスマホを出した。

（姉さん――）

廊下の真ん中に直立した状態でするような話ではなさそうだ。想星は歩きだしてからスマホを耳に当てた。

「……はい」

『想星。まだ学校なの？』

「はあ……まあ」

『歯切れが悪いわね』

「学校なので……」

『歯医者の予約がとれたわ。館町（やかたまち）の園堂（えんどう）歯科クリニック、十六時半』

「……間に合うかなぁ」

『今から向かえば大丈夫でしょう？　摩鴨（まがも）先生を待たせたりしないでよ』

「……了解」

『その後の予定は追って伝えるわ』

「あぁ、その後……ありますよね、やっぱり……」

『何か言いたいことでも？』

「いえ。ないです。じゃ、今から出ますんで」

『そうすべきね』

「はい……」

想星は通話を終了させて足を速めた。なんだか猛烈に走りたい気分だった。自制して早歩きで玄関を目指しながら、ライングループの画面を表示させた。皆に必要な連絡をしなければならない。

(——んんん……だめだ、あとにしよ……)

Ø06　BAD FEELING

　館町（やかたまち）にある園堂（えんどう）歯科クリニックの駐車場はがらんとしており、出入口の自動ドアには本日休診の札が掛かっていた。しかし、自動ドアは施錠されておらず、想星をクリニック内に招き入れてくれた。待合室は無人で、受付にも人の姿はない。蛍光灯も点（つ）いていないし、窓のカーテンは閉めきられている。

　受付の横からのびる通路を進むと、歯科用椅子が設置された診療室が三つ並んでいた。一番奥の広い診療室で、頭髪を鮮烈なピンク色に染めた女性が腕組みをして待っていた。黒いロングコートの中に白衣を着ている。女医らしいのか女医らしくないのか、よくわからない。

「いらっしゃい、小僧？」

「……お久しぶりです、摩鴨（まがも）先生」

　想星がお辞儀をすると、逆白波（さかしらなみ）摩鴨は顎をしゃくって歯科用椅子を示した。

「さっそくやっちまうかぁ？」

「お願いします……」

　想星は鞄（かばん）を置いて歯科用椅子に腰かけた。

摩鴨(まがも)先生は背を向けて何やら準備をしている。本来はこのクリニックの院長が使っているのだろう立派なデスクに、様々な禍々(まがまが)しい物品が並べられていた。デスクの近くに頑丈そうなスーツケースが置いてある。摩鴨先生がいつも持ち歩いているあのスーツケースには、法に触れるようなものだけではなく、法が及びようのないものも入っている。

「大変だねぇ、小僧も？」

「……あ、いえ。そんな。摩鴨先生ほどじゃ……」

「こっちは好き放題やってるだけだからなぁ？　頼まれても気が乗らなきゃ断るし？」

「いい……ですね。うん。その……なんていうか……」

「うらやましい？」

「……あぁ。まあ……」

「大丈夫だよぉ？」

摩鴨先生は肩を震わせて笑った。

「遠夏(とおか)に告げ口したりしないからさぁ？」

彼女は医師免許を取得している。脳神経外科が専門の、れっきとした医者だ。主にアメリカで経験を積み、今でも国内外の病院から依頼を受けて、月に数十件の手術を執刀しているのだとか。

もっとも、ただの医師ではない。

「言っとくけど、麻酔はしないからねぇ？」

摩鴨先生はロングコートを脱いで院長のチェアの背もたれにかけた。彼女の白衣には黒いラインが入っている。かなり丈が短い。短すぎる。ガーターベルトをつけ、腿までのガーターストッキングを穿いている。

想星は歯科用椅子に全身を預けて一つ息をついた。

「……麻酔してくれたこと、一度もないですよね」

「歯は専門外だけど、なるべく痛くしないからさぁ？」

摩鴨先生が歯を削る器械などがセットされたドクターテーブルを操作すると、歯科用椅子がリクライニングした。高さが調整される。眩しい。ライトが点灯された。摩鴨先生は白い医療用手袋をつけ、マスクを装着している。

「はい、あぁーんしてぇ？」

「……いきなりですか。うがいとか……」

「細けぇな、小僧？」

「大雑把すぎません……？　摩鴨先生、脳神経外科医なんですよね……」

「家業のほうは道楽だからさぁ？」

摩鴨先生は目を細めた。

「まぁ、小僧は殺しても死なないから、平気でしょうよ？」

†

一言でいえば、そこは魔窟だ。

昼夜の区別というものがその区画には存在しない。ただでさえ狭い街路を侵蝕するようにひしめく飲食店、商店から張りだす屋根や、看板テント、雨避けの防水シートのせいか、真っ昼間の屋外でも薄暗く、一日中営業している店も少なくないので、電灯が消えることはない。閉店しないのは、客がいるからだ。この地に住みつく鼠や虫たちを気にしなければ、数百円で腹を一杯にし、酒まで飲める。仕入れ先不明の洋品店や履物屋もあるし、汚れた襤褸や布きれが山と積まれている古着屋もあれば、古本屋もある。百貨店や量販店、商店街の店では絶対に売られていないような、格安の密造酒、密造煙草、模造品等々が、ここではいくらでも手に入る。暗がりにノートパソコンが並んでいたら、そこでは手軽に賭博ができる。もちろん、オンラインカジノは違法だ。遵法精神よりも大切なものがこの区画にはあるらしい。それが何かは、住人やこの区画に通い詰める者たちにしか理解できないだろう。

古くは落人谷、次第に落谷と呼ばれるようになったというが、その地名は一九六二年に施行されたいわゆる住居表示法によって、地図上から消えた。しかし、いまだにこの区画はオチヤ、あるいは、オッチャと称されている。区画といっても、どこからどこまでが落谷なのかは判然としない。落谷は時代の移り変わりとともに縮小してきたとも、逆に拡大してきたとも言われている。一説によると、景気が悪化すれば広がり、世間が好景気に沸くと面積が狭まるという。まるで落谷は一個の生き物のようだ。

（……缶……こいつは缶だな。缶……缶ビールでも、缶ジュースでもない——缶……何の缶だ？　缶詰……？）

墓山亭は二日前から落谷に潜伏している。かねて落谷の噂は聞いていたが、足を踏み入れたのはこれが初めてだ。おでんとは名ばかりの黒っぽいかたまりを肴に、酒というよりも薄めたアルコールを飲ませる屋台の端の席は、クッション性の欠片もないスツールのひどい座り心地や、見るからに死にかけている隣の客の死臭に近い体臭、八十歳は超えているだろう店主がひっきりなしに吸う煙草の灰の行方が気にかかって仕方ない点を除けば、存外、居心地が悪くない。

つまり、気晴らしに一杯やるにしても、最悪に近い店を墓山は選んだわけだが、それもこれも悪い予感、例の頭内異物のせいだった。

社会に飼い馴らされた尋常な人びとが暮らすまっとうな街に片足でも突っこんでいると、墓山の頭の中で世界を百回滅ぼしても飽き足らなさそうな怪物が暴れまくり、頭痛、悪寒、吐き気、胃痛、歯痛、それらをひっくるめたような苦痛に襲われる。

どの隠れ家に行っても、その怪物は去らなかった。沖縄、北海道といった遠方に逃げることを考えただけで、怪物は凶暴性を増した。ましてや海外へ高飛びするなどもってのほかと、頭の中の怪物は怒鳴り散らした。

どうすりゃいいんだと困り果てていたら、墓山はふと、ある格言を思いだした。

落谷に落ちたら、人生終わり。

途端に怪物が満面に笑みを浮かべた。その心胆を寒からしめる表情が笑みと呼べるのだとしたら、だが。

こうして墓山は、つきまとってくるスケアクロウの手下どもを撒いて、単身、落谷入りを果たしたのだった。頭の中から怪物はいなくなったが、何か得体の知れないものがそこに居座りつづけた。問題はそれが何かだった。

墓山亭はこの落谷でついに悪運尽きて、くたばるのか。

それとも、パック入り納豆のときのように、ぎりぎりのところで命拾いするのか。

いずれにせよ、頼りは刻々と様子が変化する頭内異物だけだ。墓山としても、金はそこそこ持っているので、B級とは言わないまでもC級グルメ程度の飯を食って、甲類焼酎や料理酒に使われるような合成清酒くらいは飲みたい。ところが、落谷の中ではまともそうな店を選択しようとすると、決まって頭内異物が不穏な形状をなし、不吉な気配を漂わせはじめるのだ。具体的な痛みをもたらすこともある。

（缶詰か……）

墓山は薄めたアルコールをちびりとやって顔をしかめた。

（中身が問題だな）

衣類や装飾品は落谷入りする前にすべて処分し、スウェットのパーカー、どう呼ぶべきかわからない形状のジャンパー、謎めいたマーク入りのキャップ、新しそうに見えないデニム、安物のスニーカーという出で立ちを整えた。落谷でも目立ってはいないと思う。ただ、我ながら清潔感があるのが気にならなくもない。落谷の連中は平均年齢が高い。墓山は完全に若手の部類だが、そこは仕方ないだろう。墓山より年少の者もいないことはないし、何なら子供もそうめずらしくはない。聞いた話では、住居を持たず、親もいない、残飯を漁って生きながらえている男児や女児も落谷にはいるという。そうした無国籍の落谷キッズたちは、やがて生粋の犯罪者として全国に散ってゆく。

（落谷キッズどもを手懐けて、命知らずの兵隊に仕立てられないか……？　ベニー。黄母川。黒嶋。シロー。ミドリ。全員やられちまった。雑魚しか残ってないスケアクロウに、無理して立て直す価値はない。いい手駒だったんだがな。それぞれ別の方向にイカれてて、怖いもの知らずだった。……そうだ。兵隊が欲しい。悪い予感に導かれて、落谷に辿りついた。ここで再起しろってことなんじゃないか？　缶詰には夢が一杯詰まってるかもしれないだろ。シンガポールとルクセンブルクの口座に億単位の金を移したばかりだし、暗号通貨も五億分かそこらはある。焦ることはない。腰を据えて考えろ。俺はこんなところで終わる男じゃない。ベニーたちには気の毒なことをしたが、あいつらは俺の代わりに墓穴に入ってくれたんだ。また墓が増えちまった。でも、肝心なのはそれが俺の墓じゃないってことだ。この落谷は墓場以下だが、ここから俺は再出発する——）

墓山は欠けた皿に盛られている黒っぽいかたまりを箸で挟んだ。見た目は野菜とも肉ともつかないが、嗅いでみると食い物らしき匂いはする。口に入れてみた。

（苦え……）

あるいは、塩辛いのか。それでいて、噛むほどに濃厚な旨味が顔を出してくる。人間が好きこのんで食べるようなものではないが、きっと人間以外は見向きもしないだろう。

（何だ、これ……）

墓山は口の中に残った黒っぽいかたまりを薄めたアルコールで胃に流しこんだ。咳きこみそうになったが、アルコールの殺菌効果が働いたのか、黒っぽいかたまりの後味が消えてくれた。

「ふえふえふえふえ」

八十超えの店主が、煙草の煙を吐きながら奇怪な音声を発した。笑い声だろうか。墓山は皿の上の黒っぽいかたまりを箸の先で指し示し、実際のところこれは何なのか問い質そうとした。そのときだった。

（缶詰――）

頭内異物が墓山の頭蓋骨の中で揺れ動いた。缶詰は頭蓋骨というか、脳の中に埋もれている。脳が缶詰に刺激され、痛みとはまったく違うのだが、不快感としか言いようがない感覚を生じさせていた。

墓山は箸を置いて立ち上がり、デニムのポケットに忍ばせてあった五百円玉を屋台のカウンターに置いた。得体の知れない飲食物を出す落谷の屋台で、千円札は稀にしか見かけない。五百円玉一枚で足りないということはめったにない。

「ごちそうさん」

「ふえふえふえ」

店主は煙草の煙とともにたぶん笑い、軍手を嵌めた手を動かしてみせた。何を言わんとしているのか。墓山には見当もつかなかったが、「釣りはいいから」と言い捨てて屋台を離れた。店主はやはり「ふえふえふえ」と笑った。

落谷の屋台通りは煙っている。どの屋台も客の入りは五割以下なのに混みあっているように見えるのは、屋台と屋台が相食む竜虎のごとく入り組んでいるせいだ。墓山は倒れたスツールやプラスチックのビールケースをまたいだり、ダンボールを蹴飛ばしたりしながら屋台通りを進んだ。間違っても客を押しのけてはならない。酔客や血の気の多い落谷民は、喧嘩の種があれば黙ってはいない。彼らの多くは明日をも知れぬ身だ。やるとなったら捨て身になるので、酔っぱらい同士が押した押さないで揉め、死人が出ることもよくある。一人や二人死んだところで、落谷界隈では誰も通報しないし、警察もわざわざ出張ってはこない。死体はいつの間にか消えている。死んだ人間には、とりわけ死にたてだと利用価値がかなりあって、いくらでも引き取り手がいるらしい。ときには死体の奪い合いで死体が増える事態も発生するとか。

（缶詰……）

墓山はまだ揺れ動く頭内異物の実態を掴みかねていた。

（——だよな？）

危険が迫っているのか。あの襲撃者だろうか。アジトを襲撃してベニーたちを殺した。ゾンビのように殺しても死なない暗殺者が追ってきたのか。わからない。墓山はあやしい人物を見かけたわけではなかった。ただ頭の中で缶詰が揺れ動いた。缶詰かどうかも定かではないのだが、頭内異物を無視するべきではない。きっと何かある。何かが起こる。その場に留まるべきではない。悪い予感が墓山を突き動かしている。

†

（気づかれた……とは思えないんだけどな——）

想星（そうせい）は悪名高い落谷の屋台通りで標的を見つけた。標的は食事中だった。周囲を警戒している様子はとくになかったが、念のため接近せずに見張ることにした。姉が言うには、標的は単独で行動しているようだ。とはいえ、近くに仲間がいないとは限らない。落谷は信じられないほどごみごみしていて、ゴミだらけでもある。視界はきわめて不良だ。おかげでこちらは気づかれにくいが、相手も、そして相手に協力者がいた場合、その何者かも発見しづらい。慎重に仕事を進める必要がある。

想星は標的との間に十メートル以上の距離をとっていた。屋台と屋台の間にごく狭い空間があって、そこに潜んで顔を出すと、ぎりぎり斜め後ろから標的を視認できる。標的は振り向いてピンポイントでこちらの居所に視線を注がないと、想星を見つけられない。

標的は一度も想星のほうを見なかった。

それなのに、不意に席を立って屋台を離れた。

『どうなの、想星？』

イヤホン越しに姉が言ってくる。

「……どうなんですかね」

想星としてはそう答えるしかない。というか、通りを進んでいるのにほとんど直進できない屋台通りで、標的を見失わずに追跡するだけで精一杯だ。

（仕事に集中させてくれないかな……）

そう思ったまさにその瞬間だった。

『集中しなさい』

（——してますけど？　しようとしてるんですけど……？）

ぐっとこらえて、はい、と応じようとしたら、姉が図星を指してきた。

『もうしていると言いたいんでしょうけど』

「……そんなことは」

ありますよ、と言い放ってしまえたら、少しは気が晴れるだろうか。どうやら標的は屋台通りを抜けようとしているようだ。

『雑念を断つことね。さもないと足をすくわれかねない仕事よ』

（わかってるっての……）

下手に口答えすると、姉の反撃を食らうだけでなく、本格的に心が乱れそうだ。

（……それに、雑念が皆無かっていうと、まあ、ね——）

ぽてと会交換日記を自ら受けとりにきた羊本くちなの姿が、ふとしたときに脳裏をかすめる。そんなことは一切ない、とは口が裂けても言えない。

（どうせ僕が机に入れておくわけだし、手渡しでも同じことだっていう……それだけなのかな？　効率重視的な。それか、羊本さん、たまたま早く帰らなきゃいけなくて、さっさと受けとりたかったとか。や、でも、なんかね、そういうのとはまた違うような……）

標的が屋台通りを出た。落谷の地図は古いものか航空写真をもとにした概図くらいしか手に入らない。その概図は覚えているので、おおまかにはわかる。屋台通りの先には、中古の電化製品や部品、工具類、金物、屑鉄などを所狭しと並べて積み上げた商店が密集している。通称は電気街だ。ヒガサンという、玩具から冷蔵庫からパソコンからスマホまで、何でも修理してしまう老人が住んでいるとの伝説があるとかないとか。

（けっこう、羊本さん、交換日記、楽しみにしてくれてるんじゃないかな……って。わりと心待ちにしてて、早く読みたくて、とりにきてくれたんじゃないかな……？　僕も、うまく書けなくて毎回悩んでるけど、読むのは楽しいし。ていうか、書くのだって、難しいんだけど、いやじゃないし。自分で書いて読むだけの日記と違うから……相手がいるワケだから、何だろうな……やり甲斐がある——みたいな？　羊本さんも、意外とそういう感じだったりして……）

標的は電気街に足を踏み入れると、店先で立ち止まって商品を眺めたり、この店ではなく別の店がいいか、といった具合に思案するそぶりを見せたりするようになった。似たような通行人があちこちにいる。標的は電気街に溶けこもうとしているのだろう。

（楽しみにしてくれてるといいんだけど。羊本さんも。交換日記。やあ、しかし、盲点だったよね。交換日記かぁ。まさかね？　高校生にもなって、交換日記することになるなんて、思ってもみなかったな。しかも、やってみたら、何ていうか……味わい深いっていうか。直接話すのとはぜんぜん別だし、ラインとかのやりとりとも違って。そんなにたくさんのことは書けないいんだけど、それが逆によかったりするのかな……）

標的がとある店の中に入っていった。姿が見えなくなるとつい追いかけたくなるが、電気街の店はたいてい一間の両側に商品が陳列されていて、奥に店主がいる。というか店主はそこに住みついている。店の正面からしか出入りできず、裏口はない。

慌てず騒がず物陰で待っていると、標的が出てきた。その際、標的は四方に目を配った。つけられているのではないかと疑っているのだろう。想星には気づいていないようだ。

（次に羊本さんの日記を読めるのは、月曜かぁ……）

想星はそのときを待ち焦がれている自分自身に気づいた。

『雑念』

見すかしたように姉が妙に低い声を出した。とっさに想星は咳払いをした。

「……追尾中です」

『そう』

「ええ」

電気街に入ってから、標的はやけにふらふらしている。あの様子だと、確証を掴んではいない。本当に尾行されているのか。誰にもつけられていないのではないか。そう思いはじめているようでもある。

（それでいい――）

とは考えないことだ。何も期待するべきではない。まるで尾行することだけが目的であるかのように、淡々と尾行するのだ。あとは機会を逃さなければいい。

『想星』

「はい」

『繰り返しになるけど、やれそうなら落谷の中でやってもいいわ。後片づけは落谷の住人たちが勝手にしてくれるから』

「わかってます」

『雑念を払いなさい』

払うも何も。

言いかけたが、のみこんだ。

「……了解」

『タイミングがすべてよ』

「ええ」

標的は電気街と隣り合うイロに向かっている。イロという通称は、色町から来ているらしい。色町とはようするに遊郭のことだ。イロにはその種の商売を生業にしている人びとが集中しており、簡易的な宿所も点在している。

時刻は午後十一時四十三分。真夜中近くだ。

（ねぐらに……？）

十分ありうる。標的はイロのどこかで宿泊しているのかもしれない。もしくは、今夜はイロで夜を過ごすつもりなのか。

（まあ、それならそれで――）

必ず今夜、片をつけなければならない。そんなふうに硬直化した意図を持たないほうがいい。状況次第だが、寝込みを襲う手もある。定宿があるなら特定しておきたい。選択肢は多いに越したことはない。

（未成年の僕には、ちょっとアレな場所だけど……）

想星は標的と似たような身なりをしている。ぱっと見の年恰好(としかっこう)は標的とさして変わらないだろう。イロに立ち入っても不審がられることはないはずだ。

（気は進まないけどね……）

イロは電気街よりぐっと暗い。裸電球や提灯(ちょうちん)のような照明器具がところどころに吊(つる)されていて、狭い通り沿いに男女が立っている。煙草(たばこ)の火が蛍のようだ。

標的がイロに差しかかろうとしている。

（行くのか――）

それがどうした。心構えはできている。どうということはない。

想星は通りすぎようとしていた中古電気店にすっと入った。慌てふためいたようには見えなかったはずだが、じつは若干、動悸がしている。

イロに足を踏み入れる直前に、突然、標的が踵を返したのだ。

（……気づかれてた？）

想星は箱のようなテレビやアンテナ付きのラジオか何かを物色するふりをした。

（どうだろ。何とも言えないな。ただ単に、やっぱやめた、みたいな……）

心臓の鼓動はすぐに落ちついた。

自分でも不思議なほど、やけに冷静だ。

周辺視野までくっきり見え、近くの音から遠くの音まではっきりと聞き分けられる。

標的は悪運が強いだけの下劣極まりない卑怯者だ。墓山亨という男の経歴からすると、そのようにしか思えなかった。しかしながら、相対してみると印象が変わった。用心深く、計算高くて、間違いなく狡猾だが、臆病ではなさそうだ。万全を期して安全策を採っているというより、綱渡りの巧者なのか。徒党を組んで地雷原を進んでも、墓山一人、なぜか地雷を踏まない。まるであの男にだけ地雷が見えているかのようだ。地雷は罠なだけに、埋められ、隠されているのに。

あの男には地雷の場所がわかる。

何かを感じているのかもしれない。

たとえば、予知能力のようなものを持っている、とか。

馬鹿げている、何が予知だ、とは言えない。高良縊想星や羊本くちなのような人間もいるのだ。

もっとも、墓山は決して順風満帆な悪党人生を歩んできたわけではない。それどころか波乱万丈だ。幾度か死に損なっているし、墓山の仲間は大勢死んでいる。墓山の代わりに撃たれて命を落とした者もいるようだ。

墓山は危機を回避できていない。

完全には。

一度ならず二度、三度と死んでもおかしくない目に遭っているのに、墓山はいつも生き残る。

どういうわけか、墓山だけが。

墓山は予知能力など持っていない。少なくとも、未来を明瞭に見通すことはできない。

鼻が利く、ということなのか。常人離れして勘がいい。自分自身に危険が迫ると、それを敏感に感じとる。

（殺しはしない）

想星はやや丸みを帯びた小型のテレビに目を向けた。カセットのようなものを差し入れることができそうな口がある。これは単なるテレビではなさそうだ。

（僕は、墓山亭（はかやまとおる）を――）

引き返してきた墓山が、間もなくこの中古電気店の前を通りすぎるだろう。

（殺さない）

どこにでもいる普通の高校生になりたいと思っている高良縊想星（たからいそうせい）が、墓山亭を殺したりするわけがない。

だから、墓山の身に致命的な危険が及ぶことはない。

店の奥に顔を向けると、顔の七割が黄ばんだ白髪と白髭（しろひげ）に覆われている店主が、濁った目で想星を見ていた。口をもごもごさせている。何か食べているのか。店主は腐りかけた畳の上で七輪を前にしてあぐらをかいている。七輪にかけた網で焼いている物体は何だろう。消し炭にしか見えないが、微（かす）かに烏賊（いか）臭い。スルメなのだろうか。その残骸か。

一人、中古電気店の前を行きすぎた。想星はその足音を耳にした。墓山に違いない。

店主が、ぺぇっ、と床に何かを吐いた。想星は店を出た。

墓山の後ろ姿が三メートルほど前方にある。

想星は墓山との距離を縮めた。

（僕が銃を抜いたら、墓山は気づく――）

むろん、殺す気は毛頭ないのだから、そんなことはしない。するわけがない。

想星は右手の人差し指と中指を墓山の背中に突きつけた。

「ッ――」

墓山はびくっとして振り返ろうとした。

「見るな。止まらないで。そのまま歩け。そうだ。それでいい」

「……マジか」

墓山は歩きながら舌打ちをした。驚いてはいるようだし、動じていないわけではないだろう。それでも、度を失ってはいない。少なくともすぐに殺られるとは思っていないようだ。突きつけられているのは拳銃ではなく、指でしかないと知っているのか。それは何とも言えない。ただ、切り抜けられる、大丈夫だ、自分は死なないと墓山は信じている。救いようがない楽天家なのか。もしくは、墓山なりに裏付けがあるのか。自分が死なない未来を予知しているのかもしれない。

「おまえ誰だよ」

墓山が訊いてくる。

「若そうだな。どこに行くつもりだ？　落谷を出るのか？」

想星は答えない。あくまでも殺す気はないが、雑談に応じてやる義理はない。

「迷うなよ。俺も道がよくわかってないんだ。ひでえとこだよな。よりにもよって、ここかよ。落ちぶれたもんだ」

何がよりにもよってここなのか。つい尋ねたくなるような独白だ。

当然、想星は黙りこくっている。墓山が死なない未来を予知しているとして、それを覆すことを考えてもいけない。

墓山はひたすらまっすぐ歩いた。

落谷の通行人たちは墓山と想星から遠ざかってゆく。

もし想星が墓山を殺す気になったら、何か起こりそうだ。何か。その何かに、想星よりも墓山のほうが早く勘づくのではないか。

「なぁ？　もっといい方法があると思わないか？　どんな方法があるか、ひねりだすのが俺は得意なんだ。何だって解決できる。時間がかかったり、代償が必要だったりすることはあるかもしれないけどな。不可能なことって、意外となかったりするんだよ――」

含みがありそうで、なさそうでもある。墓山の狙いは何なのか。狙いなどないのか。

奇妙な状況だ。

墓山は屋台通りに逆戻りしつつある。

「なぁ？　悩みでもあるのか？　聞かせろよ。おまえ、若いな。俺より若いだろ。けっこう下だよな。鉄砲玉って感じじゃない。本職か？　仕事で殺してんのか？」

『やかましい男ね……』

想星がつけているイヤホンには外音を取りこむ機能もある。姉も墓山の与太話を聞いていてうんざりしたのだろう。

「どっちもどっちか。なぁ？」

墓山は乾いた笑い声を立てた。歩みは止めていない。そのまま歩け。想星はそう命じた。墓山は従っている。逆らっていない。

腹は立つ。少しばかりは。

墓山は想星の心を乱そうとしているのか。惑わせようとしているのだろうか。

「お……」

屋台通りの手前で墓山が足を止めた。止まるな、と想星が警告する前に、墓山は舌打ちをして「この餓鬼」と呟いた。墓山の行く手を子供が横切ったのだ。体格からすると五、六歳か。火事で焼けだされて煤まみれになったかのように全身汚れ放題に汚れていて、性別も定かではない。墓山を睨みつけた両眼の白目だけが、光って見えるほど白かった。

「死ね！」

その子供が甲高い声で墓山を罵った。

「あのなぁ――」

墓山は何か言い返そうとした。

イヤホンの向こうで姉が息をのんだ。

想星は右手の人差し指と中指を墓山の背中に突きつけたまま、左手で拳銃を抜いた。

（賭けだ――）

「うおぁっ！」

子供が叫んで、墓山は「あぁ!?」と振り向こうとした。

「ち×ち×丸出し……！」

子供が口にしたその単語には、さして意表を衝かれなかった。前もって考慮に入れていたからだ。とはいえ、子供がそう言いだすことを予期していたわけではない。

「知ってるだろ？」

想星の真後ろではない。右斜め後ろだ。一メートル未満。数十センチのところにその声の主はいる。

想星は拳銃の引き金を引いた。墓山の頭を狙うのは無理だった。背中から墓山の腎臓を撃ち抜ければ最上だが、発砲する瞬間、子供に言わせればち×ち×丸出しの何者かが想星の頭を鷲掴みにした。引き倒されてしまった。おかげでずれた。それでも当たりはした。

「――あがっ……」

墓山が短い悲鳴を上げた。

「鉄砲だ……！」

子供がわめいて、電気街も屋台通りも一気に騒然となった。

想星は全裸男にまたがられた。

「よぉ、ゾンビくぅーん！」

細面で、髪がもじゃついていて、美男子といえば美男子だが、黒目が小さい。小さすぎる。あのときの全裸男だ。

『掛かったみたいね』

姉がイヤホン越しに言った。そうだ。餌に掛かった。全裸男はきっとまた仕掛けてくる。想星と姉はそう見越していた。図に当たった。けれども、想星にしてみれば正直、これっぽっちも嬉しくはない。

「殺し屋ちゃあーん！」

全裸男は左手で想星のキャップを剥ぎ取るなり髪の毛を引っ掴んだ。同時に右の拳で想星の顎を殴った。なかなかのパンチだった。脳が揺れた。激震した。それでも想星はなんとか手放さずに持っていた拳銃をぶっ放した。撃つ寸前に、全裸男が変わった。肌が、いや、眼球や髪の毛まで、鋼鉄のような——ような、ではなく、鋼鉄と化した。銃弾はどこに命中したのか。わからないが、貫通するどころか弾き返されたらしい。

（でしょうね——）

予想どおりでもあり、予想外でもあった。全裸男は鋼化したまま両腕を広げてみせた。

（その状態で動けるのかよ……!?）

ただし、鋼の全裸男は明らかに動作が鈍かった。来いよ、カモーン、とでも言いたげだが、声を発することはない。

想星はとっさに視線を巡らせた。墓山が背中を押さえてよたよたと屋台通りのほうへ向かおうとしている。想星は鋼の全裸男ではなくて墓山を狙い撃ちした。良好な体勢ではなかったが、両手で拳銃を握って撃った。

「――んでぁっ……!?」

墓山にもう一発食らわせてやった。確認できなかったものの、尻か、脚なのか、どこかには当たった。そのときにはもう、鋼の全裸男はもとの全裸男に戻っていた。

「こらぁっ！」

全裸男は想星の手から銃をもぎとった。撃たれるかと思いきや、違った。

「今は！　こっちだろぉあ!?　あっこらぁ!?　あぁーん……!?」

全裸男は想星の顔面に銃把を連続で打ちつけた。

（なんて、でたらめな――）

想星はすぐに視野の八割程度を喪失した。眼球が損傷しているのか、目の周りの骨が折れたのか、砕けたのか。かろうじて物を考えることはできるが、途切れ途切れだ。息がほとんどできない。鼻が潰れ、顎も動かせない。

「悪魔のぉ！　手を持つ男ぉ……！　知ってりゅよねぇい!?　ゾンビ野郎くぅーん！　おまえがやったんだべぇ!?　そうだろぉ!?　なあぁぁ……!?」

（こいつ――）

めちゃくちゃだ。

想星は質問されている。答えて欲しいのか。

どうやって答えろというのか。

答えようがない。

このざまでは。

（やっば……——）


「なあぁぁぁぁ!?　おぉぉおおぉぉぅうい……!?」

一度死んで、生き返ったのに、何も見えない。

「ひぃぐっ——」

想星は思わず苦悶の叫びをもらしてしまった。

（目、がっ……）

抉られている。両目だ。抉るというか、何かを突っこまれている。指だろうか。親指か。

全裸男が両手の親指を想星の両目にねじこんでいる。

「すげぇなぁ!?　すっげぇ！　ゾンビくん、すっげぇよ！　治ったよ、治ったじゃん、おもろっ、おもちれぇっ、おもちろいでちゅねぇぇ、楽しっ……！」

（——あれを……）

逆襲に転じようとしたら、ゴキバキブキッというような音がどこかで、というよりも想星の内部で響き渡った。おそらく全裸男の親指が眼底を貫いたのだ。ついでに眼窩周辺の骨も破砕されたのではないか。

（きっ――……）

「――あぁぁぁぁあああぁぁがあぁぁぁぁぁぁぁぁ」

また死んで生き返ると、想星は大口を開けていた。自分の意思でこのようなことをしているのではない。あたりまえだ。想星は死んだ。殺された。死んでいたのだ。言うまでもなく、全裸男の仕業だ。全裸男が想星の上の歯と下の歯に左右の手の指を引っかけ、上下に押し開いている。

「いいなぁ、壊しても壊してもだなぁ、ゾンビくぅん、好きだよおまえのこと、こんなん好きになっちまうよ、もう大好きだよ、愛しちゃうって、殺し屋ちゃん、暗殺者くぅん、ラヴラヴラヴラヴラヴラヴラァァアアアァァァ……！」

全裸男の黒目がさらに小さく、小さく、どこまでも小さくなっている。二つの点のようになっている。黒目があれほどまでに収縮することなどありえるのか。全裸男は泣いている。大泣きしている。

「ラアアァァーーーーアアァアアァァァァァァーーーーーヴ……ッ！」

ガゴンッと顎が外れ、筋肉だか腱だか何だかよくわからない、それらすべてかもしれない組織がいっぺんに引きちぎれた。

「あ、ぁ、あ、あ、ぁ、あ、ぁ」

想星が出せる声はそれだけだった。

（なんてやつだ――）

痛みは不思議とない。脳が引き受けられる刺激の許容量を超過しているのかもしれない。痛くはないが、平然としてはいられない。ただ、想星には強みがある。二回連続で殺されたが、まだ命は尽きていない。まだまだある。腹も決まった。そうとうな損失を覚悟しなければならない。もったいないが、こうなったらやむをえない。

全裸男は想星の腹部にまたがっている。

「あ、ぁあ、ぁぁ……」

想星は全身を脱力させて情けない声を発した。目も焦点が合っていない。

何を隠そう、これは演技だ。

「うっふぅう……！」

全裸男が血に塗れた両手で想星の頭を掴む。持ち上げて、鼻に噛みつこうとでもしたのかもしれない。なんともはや常軌を逸している。噛まれる前に、想星は渾身の力をこめて全裸男の股間をぶん殴った。

「おっ――」

全裸男はわずかに腰を浮かせて呻いた。その直後、全裸男が鋼化した。急所への追撃を防ごうとしたのか。それとも、反射的に鋼化したのか。どちらにせよ、それまで全裸男は想星に馬乗りになっていたのだが、腰が浮いたぶん、いくらか隙間ができた。

想星はうなぎか何かのように全裸男の下から抜けだし、仰向けからうつ伏せになった。這い進んで立ち上がり、走った。振り向かずに屋台通りに駆けこんで、屋台の大鍋を倒し、数人の通行人をかきわけた。下顎がとれかけてぶらぶらしている想星を見て、落谷の住人たちは絶叫した。逃げ惑った。

「待て、おいぃ……！」

全裸男がわめいた。追いかけてくる。――と思った途端、背中に衝撃を受けて、想星は前方に吹っ飛んだ。飛び蹴りでもお見舞いされたのか。

想星は複数のスツールを薙ぎ倒した。ぶつかった屋台の鉄板焼き機がひっくり返り、焼きそばとお好み焼きをごた混ぜにしたようなものがあたりに撒き散らされ、想星も大量のそれを浴びた。熱さよりも煮詰まったソースの匂いが強烈だった。

「いいかげん答えを言えよぉ、ゾンビ野郎ぉ……！」

全裸男がすっ飛んできて、想星の首が急角度に曲がった。頭を踏まれたのか。全裸男に跳び乗られたのだ。ベキッと首が折れた。

動かない。体が。どこも動かせない。まずい。頸椎が損傷した。全身が麻痺してもおかしくない。というか、たぶん麻痺している。

（答え……ようがない……だろ……）

「ほらあぁっ……！」

全裸男はさらに想星の頭を踏んだ。

（っ――）


生き返ってすぐ、想星は闇雲に跳び起きて駆けだそうとした。

「あぁっ……！」

全裸男に左手を掴まれ、強引に振りほどいた際に指の骨が一本か二本折れた。手首もねじれてひどく痛めた。かまわず全力疾走して、屋台と屋台の間を無理やり通り抜ける。屋台通りの裏道はほぼ真っ暗で、掃除されていない公衆便所のような悪臭が充ち満ち、ぬかるんでいた。想星は裏道を突っ切って、電気街に戻った。落谷は騒がしいし、住人たちが右往左往しているが、全裸男の姿は見あたらない。

「姉さん――」

小声で呼びかけてから、イヤホンがなくなっていることに気づいた。武器を入れたリュックサックもどこかにいった。いつまで背負っていたのかもわからない。今日は大きめのズボンを穿いて、左右の足首にホルスターをつけてきた。想星がよく使うルガーLC9は小型なので、アンクルホルスターにも収納できる。右のアンクルホルスターにはナイフ。左のアンクルホルスターにはルガー。手持ちの武器はそれだけだ。

想星は武器を抜かずに電気街を進みながら全裸男を捜した。

(あきらめたのか……?)

それはない。

ない、と思う。

電気街は静かだ。客は逃げ去り、各店の店主は奥に引っこんで出てこない。

イロが見えてきた。イロは電気街とは打って変わって暗いから、境界がはっきりしている。イロの入口付近には人がいた。目に痛い赤だの緑だの青だの紫だのの服を着て、顔中に化粧を塗りたくり、頭に変なネットを被ったり、髪の毛に造花をつけたりしている。女性も、男性もいる。皆、イロで働いている者たちだろう。野次馬だ。

想星は素早く屈んで左のアンクルホルスターからルガーLC9を抜いた。

「失せろ！　死にたいのか！」

銃を向けて怒鳴りつけると、野次馬たちは口々に文句や罵声を返しながらイロの中に駆けこんでいった。

(――いる)

気配を感じた。

そうとしか言いようがない。

想星は振り返って銃を構えた。

左手の小指と薬指は痛くてろくに動かせない。左の手首はどうにか平気だ。左手だけで撃つのは無理そうだが、右手に添えるだけならそこまで大きな問題はない。

電気街の様子は相変わらずだ。人影はない。

「いるんだろ」

想星はゆっくりと銃口を動かした。

「わかってる――」

目の届く範囲には誰もいそうにない。

「見えないだけだ」

「ひっひっ……」

笑い声がした。

音量は大きくなかった。

遠くからか。

それとも、近くか。

(――当たりか)

スケアクロウのアジトを襲撃した際、全裸男はだしぬけに現れた。立派な大理石か何かで出来たテーブルの下に墓山（はかやま）が隠れていた。墓山を発見する前に、想星（そうせい）は工場内の状況を目視で確認した。はっきりと覚えている。全裸男はいなかった。少なくとも、あのタイミングで想星の背後をとれるような位置には、誰一人としていなかった。

全裸男は突然、出現した。

瞬間移動でもしたのか。

それよりもありえそうな可能性としては、全裸男は突然、出現したのではない。やつはいた。ただ、見えなかった。

やつは鋼化できるだけではない。

姿を消せる。

墓山が車に乗ってアジトから逃げ去ったあと、道路沿いに誰かが立っていた。暗くてはっきりとは見えなかったが、人影だった。それが突然、消えた。

傍証は他にもある。やつは全裸だ。全身を鋼化できるようだが、たとえば衣服を着ていたらどうなのか。その変化は服にまでは及ばないのではないか。だとしても、鋼化するだけなら素っ裸でなくてもいい。撃たれたり切りつけられたりしたところで、服が破けるだけだ。裸にはリスクもある。急所が丸出しだ。人類が進化の過程で衣類をまとうようになったのは、体温調節のためだけではない。衣類は基本的な防具でもあるのだ。

しかし、やつがだしぬけに現れるまで、消えていたのだとしたらどうか。

やつは皮膚から髪の毛から眼球に至るまで、鋼化するように透明化することができるのかもしれない。ただし、服は消えないだろう。

べつだん突飛な発想でもない。

想星が生きている世界では、そんなことも起こりうる。

あらためて、思う。

この世界はどうなっているのか。

「最悪だ」

想星は呟いた。

「最高だろ？」

何かが右手首にふれた。やつだ。全裸男が想星の右手首を掴もうとしている。ねじ上げて拳銃を奪うつもりだろう。まったく瞬時だった。何の前ぶれもなく、やつの全身が見えるようになった。心の準備はできている。想星は右側の奥歯、上の第二大臼歯を下の第二大臼歯にねじこむようなイメージで力を加えた。園堂歯科クリニックで逆白波摩鴨に仕込んでもらった。姉曰く、これはかなり高価な代物で、また、通常のルートでは手に入らない。家業が闇商人で、流れの医師でもある摩鴨先生しか扱っていない、超小型の爆弾だ。

爆弾が起爆して想星は即死した。

生き返ると、あたり一帯に煙が立ちこめ、粉塵が舞っていた。近くの店は商品が破壊されたり飛び散ったり壁や屋根が吹っ飛んだりして被害を受けたようだが、周りに人はいなかった。死者はもちろん、おそらく怪我人もいないだろう。

上半身はほとんど裸だが、ズボンだの靴だのは原形をとどめている。想星は起き上がって右のアンクルホルスターからナイフを抜いた。

全裸男は暗いイロを目指して匍匐前進していた。無傷では当然ない。下半身こそ比較的無事のようだが、右腕は肘から先がないし、左腕も手首までしか残っていない。

想星は歩み寄って、やつのもじゃついた髪の毛を左手で掴んだ。頭皮ごとずるりと剥けてしまい、「うぁ……」とやつが呻いた。想星は毛髪付きの頭皮を放り投げ、代わりにやつの首根っこを押さえこんだ。肩甲骨と肩甲骨の間あたりに膝をのせ、体重をかける。やつは一瞬、暴れるそぶりを見せたが、じつに弱々しい。すぐに抵抗をやめた。

「悪魔の手を持つ男——望月登介の関係者か？」

「……う……う……お……」

やつは顔をいくらか右に向けている。もっとも、それを顔と呼ぶべきかどうか。焼けただれた肉の合間から白い骨が露出している。眼球はない。歯は残っているが、この有様でしゃべれるのか。かなり難しそうだ。

「答えろ。望月登介の関係者なのか？」

「……ぅ……」

「どっちでもいいよ」

想星はやつの脊髄にナイフを突き入れた。数秒で、とくん……という音が響いた。

(正体を突き止めたかったけど、この期に及んで正直に白状するとは思えないし――)

全裸男はこちらに質問しておきながら、答えさせずに何度も想星を殺した。

(あれ、けっこうむかついたんだよ)

想星はナイフを引き抜いて一つ息をついた。

(僕を狙った動機は、望月登介の仇討ちなんだろうな。望月の仲間なのか、友だちか。似てなかったけど、兄弟とか？　スケアクロウを始末する依頼にも関わってたのかもしれない。墓山が落谷にいるっていう情報を流したのも、こいつだったりして。まあ、どうだっていいけど……)

立ち上がって、どうしようと考えるまでもなく、リュックサックを捜しはじめていた。

リュックサックの中には、武器と最低限の機能しか持たない予備の通信端末が入っている。自爆したせいでスマホが吹っ飛んでしまったが、データは随時バックアップしているので、まあ平気だ。

「やるよ、最後まで。仕事は仕事だし――」

†

墓山亭は落谷の人びとの冷淡さに絶望していた。背中と左脚に被弾し、とくに背中の傷は止血もままならないから、そうとう出血している。それなのに、誰も助けてくれないどころか、こぞって離れていってしまう。おかげで墓山は、撃たれた左脚を引きずってどうにかこうにか歩くしかなかった。頭がおかしくなるほど痛いので、どこかで一休みしたかったが、休んだところで良くなりはしない。左脚のほうはともかく、背中から入った弾は体外に抜けていないようだから、かなりまずい。

頭がおかしくなると言えば、頭内異物の缶詰はまだぐらぐらと揺れている。まるで沸騰した湯の中を泳いでいるかのようだ。

おかしい。この状況だ。どうして缶詰なのだろう。もっとやばいものに変化していて然るべきだ。

墓山にとって、それが唯一と言ってもいいよりどころではあった。

（缶詰なら、死にはしないだろ……どう考えても、死にそうな俺だけど……）

いずれにせよ、落谷には期待できない。そもそも、落谷のような場所に希望など転がっているはずがない。

墓山は古いアパートだの住宅だのに囲まれた駐車場に辿りつき、そこに駐まっていた赤い軽自動車と黒いセダンの間で四つん這いになった。横になりたいところだが、何しろ背中を負傷しているから無理な相談だ。左脚は感覚がない。痛みはある。

痛い。

たまらなく痛い。

痛みを感じなくなったら、むしろやばい。

とりあえず落谷からは出た。落谷の近くだが、ここはもう落谷ではない。

（ここが俺の死に場所か……）

墓山は力なく首を振った。

（いいや……俺は、死なない……缶詰なんかで、死ぬもんかよ……）

ぶよぶよした皺だらけの脳の中で缶詰が揺れ動いている。

足音が聞こえる。

缶詰はがたがたと震えている。

「あぁぁ……」

誰かが缶切りでも使ったのか。缶詰の蓋が勝手に開こうとしている。

「墓山亨」

名を呼ばれ、右の腋の下あたりを足蹴にされた。

「ぐへぁっ――」

ひっくり返され、背中がアスファルトの地面にぶつかった瞬間、墓山はこれまで経験したことのない根源的な苦痛を味わった。それは人間の尊厳を脅かす激痛だった。この痛さを取り除いてくれるであれば、何だってする。命さえ捧げてもいい。死んだほうがましだ。ところが、いざなすすべなく仰向けになって若い男に見下ろされると、墓山はありったけの力を振りしぼって両手を挙げていた。

「……た、助けて、くれ、頼む……」

相手の顔は見えない。ただ、若い男だ。落谷で墓山を殺そうとした。二発撃った。それで墓山は死にかけている。アジトを襲ったのもこの男だろう。憎たらしい。この男のせいで、ぜんぶ台なしだ。墓山はこの男に何もかも奪われようとしている。

男は右手で銃を握っている。その銃口は墓山に向けられている。サイレンサーをつけているようだ。墓山亭の額を撃ち抜いて殺めようとしている。

「し、調べ……調べたんだ、俺も……あんたの、こと……ね、狙われる、り、理由は、あり、すぎる……ほど、ある……でも、あれだ……あれだろ、あんた……」

男は引き金に人差し指をかけようとしている。もうとっくに撃たれていてもおかしくないのに、まだ男は発砲していない。

頭内異物の缶詰が震えまくり、その蓋が開こうとしている。

プシュッ、という音がして、開いた。

「くっさっ……」

墓山はつい口走った。缶詰の中身だ。まだ開ききってはいない。少し蓋が開いただけだ。それなのに、激臭があふれた。

「……は？」

男が人差し指を止めた。

「ぁ、いゃ……」

墓山は頭内異物の臭気で目がくらみそうだった。これは嗅いだ覚えがある。シュールストレミングだ。スウェーデンの有名なニシンの缶詰。世界一臭い食べ物とも評される。いつだったか、仲間の誰かが買ってきて、よせばいいのに開けたのだ。間違いない。これは塩漬けにされて発酵が極まったニシンの臭気だ。頭内異物はシュールストレミングだった。いったい何のサインなのか。

「し、しー、しっ、しぃっ……」

墓山は鼻で呼吸しないようにしながら、口を動かした。必死だった。墓山は手広く悪事を働いてきた。おかげで顔が広い。あちこちにコネがある。ツテもある。情報源はいくらでもある。だが、命を狙われて逃亡中なのだ。派手に嗅ぎ回れば、逆に相手に嗅ぎつけられるかもしれない。

一人だけ、あてになりそうな情報屋がいた。フリーで、いかなる組織とも繋がっていない。変わり者だ。情報料は目玉が飛び出るほど高い。

「COAの……殺し屋、だろ、あんた……そうだろ？　な……？」

その情報屋に相談したら、教えてくれた。

手口からして、大手だろう。全人会でも機関でもなさそうだ、と。

指定された口座に三百三十万円振り込んで、たったそれだけだった。

あげく、頭内異物の缶詰はシュールストレミングで、一生分臭い。

「し、COAだよ、な？　あんた……な？」

男が銃の引き金に人差し指をかけた。

墓山は観念などしなかった。

「情報を、提供できる。COAに、有益な、情報を……本当だっ、殺さないでくれ、お、俺は、役に立つ、た、頼む、から……」

男は引き金から人差し指を離し、左手でポケットから何かを取りだした。小型の携帯電話か。男はそれを耳に当てた。

「──はい。そうです。情報を提供できると言ってます。はい──」

誰かと話している。上の人間と連絡をとっているようだ。

「放っておけば死にます。ええ。長くは保たないと思います。はい──」

長くは保たない。墓山のことだ。たしかに傷は浅くない。背中から入った弾が内臓を傷つけていたら、早く手当てしないと危険だ。出血量もおびただしい。体が冷たくなってきているような気もする。痛みも和らいできた。

「了解」

男はそう言うと携帯電話をポケットにしまい、銃を握る右手に左手を添えた。

墓山は目を閉じた。

いつの間にか、頭内異物がきれいさっぱり消失していた。

笑いたくなったが、我慢した。

「迎えがくる」

男が言った。

「それまで息があるといいな」

07　星降るこの夜を忘れない

　月曜の朝はだいぶ冷えこんだ。天気はよかった。晴れていて風もなかった。想星は早めに学校に着いた。下駄箱でちらりと彼女のボックスを確認した。外履きが入っていた。彼女はすでに登校しているようだ。予想どおりではあった。予想どおりで安心した。想星は教室に向かった。外が寒かったぶん校舎内はあたたかく感じた。少し暑いほどだった。階段を上がると、二年二組の教室の手前で一人の女子生徒が壁を背にして立っていた。マフラーをして手袋を嵌めている。暑くないのだろうかと想星は思った。彼女はノートのようなものを胸に抱いている。きっとノートだ。

　想星が近づいていっても彼女はこちらを見なかった。

「おはよう、羊本さん」

　声をかけると、ようやく彼女は想星に目を向けた。一瞬だった。彼女は想星を一瞥しただけでうつむいた。それから、低い声で呟くように「おはよう」と返した。

「あぁ――」

　想星は彼女が抱きしめている一冊のノートに言及しようとした。その寸前に彼女がノートを差しだしてきた。

「これ」

「……あぁ」

としか想星は言えなかった。自分の不甲斐なさに力が抜けた。それでもどうにか彼女からノートを受けとった。ありがとう、という言葉を口にするべきだろうか。想星は迷った。ありがとう。何に対しての感謝だろう。判然としないが、想星の中にありがたい気持ちは確かにあった。朝一番で彼女から交換日記を手渡しされる。この状況がありがたい。

「それじゃ」

彼女は小走りに立ち去った。教室には入らない。彼女はどこかへ行き、また朝のホームルームまで戻ってこないのだろう。

想星はノートを開いた。彼女が末尾に描いた羊のイラストが目に入った。彼女は想星の文章のあとにこう書き綴っていた。

逆上がりの次は後ろ回りがいいと思う。
肉体に負荷をかけない運動といえば水泳。
オーロライルミネーションのことはよく知らない。
思うに、オーロラの電飾。
誰でも行けるもの？

†

その夜、山の手と商店街の境目にある喫茶店「ポピイ」にはブラジルあたりの音楽が流れていた。老店主はくちなが頼んだコーヒーをじっくりと時間をかけて淹れている。今日はくちなの他にもカウンターに一人、老婆の客がいた。老婆と老店主はたまにぽつりぽつりと言葉を交わしたが、二人が何を話しているのか、奥のテーブル席を独占しているくちなにはほとんど聞きとれなかった。老婆は寝間着の上に毛玉だらけのガウンをまとい、その上に着てきたのだろうくたびれたコートを椅子の背もたれにかけていた。

「もうやれんな」というようなことを老婆が言った。

「そうかい」と老店主は返したようだった。

くちなはテーブルの上に広げたノートに目を落とした。

オーロライルミネーションは誰でも行けるよ～！
入場料？とかもかかんないし。入口とか出口とかもないから。
静町のグリーンベルト全体がイルミネーションで飾られてるの。
ほんとに行きたくなってきたよ～。

みんなで行かない？
あすみんでした！

オーロライルミネーションって略称あるのかな？
オロネン…　とか？　違うか。
長いのに、みんなオーロライルミネーションって言わない？
たこ焼きのお店が出るんだけど、昔から有名なトコでおいしいんだよね。
食べたくなってきた…　行きたい。

モエナ

林雪定（はやしゆきさだ）です。
オーロライルミネーションはあまり略さないね。
一部ではグリオラと呼んだりするみたい。
グリーンベルトで開催されるオーロライルミネーションだから、かな？
みんなで行くなら、予定を合わせます。

今度、皆でオーロライルミネーションを見に行くというのはどうでしょうか。

突然の提案ですので、失礼の段ご容赦ください。

皆様のご予定を伺えれば光栄に存じます。

特段問題等ないようでしたら、目処としましては今週末など如何でしょうか。

何とぞご検討頂けますよう重ねてお願い申し上げます。

高良縊想星
（今週末……）

くちなはため息をこぼした。

（わたし――行けるか、行けないか、考えてる……？）

手袋を嵌めた人差し指で、特段問題等ないようでしたら、と高良縊が記している箇所をなぞった。

（特段、問題……）

問題ないわけがない。もちろん、くちなはそう思っている。問題があることは当然、理解している。誰かが大御影宮のスパイかもしれない。サングラスの女は書店で見かけたきりだが、監視がついている可能性は依然として排除できない。何にせよ、放課後、同級生たちとオーロライルミネーションを見に行けば、その事実はおそらく大御影宮の知るところとなる。少なくとも、そう覚悟しておいたほうがいい。

（あの男に知られる――）

今さらだ。

あの男は何もかもお見通しだろう。

（……本当に？　間違いなく？）

正直、わからない。

あの男はときどき匂わせる。自分はくちなのすべてを知り抜いているのだと。明言したこともある。

学校ではこうしていろとか、あれをしてはいけないとか、あの男に命じられたことはない。言うまでもなくわかっているだろう、わきまえていなければならないという態度で、精神的重圧をかけてくる。それがあの男のやり口だ。

言われるまでもない。あの男の機嫌を損ねてはならない。わきまえて、自制するのだ。そうすれば、あの男に付け入られることはない。

老店主がコーヒーカップとソーサーをかたかた鳴らして運んでくる音で、くちなは我に返った。顔を上げると、腰の曲がった老店主は老婆が座るカウンターの後ろを通過しようとしていた。老店主は膝の具合も悪そうだ。歩き方はすり足に近い。危なっかしいが、くちなはじっと待った。やっとくちなの席に辿（たど）りつくと、老店主は震える手でコーヒーカップがのったソーサーをテーブルに置いた。

「どうもありがとう」

くちなが礼を言うと、老店主は皺くちゃの顔を三分の二ほどに縮めてみせた。笑ったのだろう。

コーヒーを一口飲んだ。熱くないどころか、ぬるい。苦くはなく、甘みさえ感じるが、すぐそれもなくなってしまう。香りだけがずっと残っている。

（わたしは、あの男に支配されている。――自分から）

支配を望んでいるのではない。望むはずがない。あの男に仕向けられているのだ。自分は完全に支配されている。くちながそう思いこむように。

（お父さん、お母さん――）

くちなは地下室で眠る羊本夫妻に呼びかけた。

（わたしは自由になりたい）

二人なら何と言うだろう。

（……何も言ってくれなくていい。お父さんとお母さんは、わたしにやさしくしてくれた。それだけで十分。自分のことは、自分で決める）

くちなはペンケースからシャープペンシルと消しゴムを取りだした。もう一口、老店主のコーヒーを飲んだ。くちなには味の良し悪しなどわからない。しかし、心が落ちついた。

くちなはシャープペンシルを握った。

グリオラ。

クリオネに似ている。

わたしは

そこまで一気に書いた。

心臓が激しく鼓動している。極端に胸郭が狭まり、固まって、呼吸が浅くなっていた。酸素が足りない。足りないわけがないのに。くちなはシャープペンシルをテーブルに置いて、消しゴムに手をのばした。

白森明日美（しらもりあすみ）や茂江陽菜（しげえひな）の顔が浮かんだ。

林雪定（はやしゆきさだ）。

そして、高良縊想星（たからいそうせい）。

（――あの男は、人質にとろうとするかもしれない。本当に人質にとる前に、わたしが態度をあらためないと、みんながどうなるかわからないと、あの男は言う。いつもの手。それが常套手段（じょうとうしゅだん）。脅しをかけさえすれば、わたしが言いなりになると思ってる。今までそうだったから）

くちなはふたたびシャープペンシルを持った。

（もうその手には乗らない。次に脅迫してきたら、許さない。あの男を殺すのは難しい。どうすれば、あの男を。でも、あの男のものを壊すことはできる。あの男の手下なら殺せる。壊し尽くして、全員、殺す。大御影宮古彦（おおみかげみやふるひこ）。わたしはあの男の奴隷じゃない）

脈拍は平常に戻っている。くちなは続きを書いた。

わたしはオーロライルミネーションが見たい。

†

それじゃ行こ、オーロライルミネーション！
みんなで!!
あたしはいつでも大丈夫。週末がいいのかな？　何曜日でも！
時間も遅くなかったら平気だよ。
10時までに帰ればOK～
あすみんでした！

こっちも平日・土・日、今のところ空いてる。

イルミネーションだから、暗くなってからだよね。

5時過ぎでもけっこう暗いし、金曜の学校終わりとかでもよさそう。

みんなに合わせるよ。

たこぱっちゃんのたこ焼き食べよう！

モエナ

林雪定(はやしゆきさだ)です。

たこぱっちゃんはたこ焼き屋さんの名前？

おれも今週はいつでも行ける。

学校帰りにみんなで直行するなら、待ち合わせとかもしなくていいし、楽だね。

おにぎりの屋台ってあるかな？


時下、皆様におかれましては、ますますご清祥のこととお慶(よろこ)び申し上げます。

オーロライルミネーション日程に関しまして、当方は不都合ありません。

万事調整可能です。

以上、宜(よろ)しくお願い致します。

高良(たから)縊想星(いそうせい)

週末は予定がある。

木曜日の放課後なら行ける。

もし急用ができたら、ごめんなさい。

†

急用ができなければいい。

想星は心の奥底からそう願っていた。一片の信心すら持ちあわせていないのに、祈ってさえいた。

週末は予定がある。彼女のことだ。その予定とは、おそらく仕事だろう。とくに金曜の夜から週末にかけては、想星も仕事にかかずらっていることが多い。

急用というのも十中八九、仕事に違いない。よりにもよって、急に仕事が入って予定を中止せざるをえなくなる。そんなことは起こって欲しくない。

念のため、想星は木曜の夜には絶対に仕事を入れないでくれと姉に頼んだ。誠心誠意、懇願した。隠し事はしなかった。木曜の放課後、友人たちと静町（しずかまち）へ行き、グリーンベルトで催されているオーロライルミネーションを鑑賞したい。正直にそう話した。同行する友人の名も打ち明けた。姉は聞き容れてくれるだろうか。交渉は難航するかもしれない。引き換えに何か約束することになるとしても、それはそれでいい。想星はどんな代償であろうと払うつもりだった。拍子抜けした。姉はあっさり許可してくれた。

何事もなく木曜の放課後が迎えられればいい。

どうせ何事もないなどということはありえないのだから、心構えはしていた。

何が起こっても失望はしない。そのときはそのときだ。

怖くはなかった。

いくら恐れたところで、想星にできることはない。何一つない。

だから、祈りを捧げる神仏を持たないのに、祈った。

恐れる代わりに、ひたすら祈った。

†

「えぇー……そうだなぁ、あとはぁ……何もないかな、今日はぁ――」

大平先生がやや特徴的な籠もり声で二年二組の生徒たちに連絡事項を伝え終えた。来る。このあと、「はーい、それじゃ……」が。すると、学級委員長の蓼志奈が号令をかける。以上がお決まりの流れなのに、今日、この木曜日は少し違っていた。

「は――」

大平先生が、はーい、のはまで言ったところで、待ってましたとばかりに蓼志奈が勢いよく椅子から立ち上がったのだ。

「起立、礼ッ！」

語調も普段より強く、鋭かった。想星を含めて同級生たちは予期していなかったタイミングなので、誰もとっさに反応できなかった。大平先生に至ってはずっこけた。

「……わぁっ。は、早すぎじゃないかぁ、委員長……」

「そ――」

蓼志奈は一瞬、慌てた。しかし、眼鏡の位置をすっと調整して、持ち直した。

「……んなことはありません、断じて！」

「おぅ。そ、そうかぁ……」

大平先生はひょこりと頭を下げた。

「はい、みんな、さようならぁー」

「さよならー」「奈良ー」「しかー」「鹿って！」「ならしか！」「さよならー」

生徒たちが挨拶をしたり、ボケたり、ツッコんだりしながら椅子をひっくり返して机にのせた。想星も鞄を肩にかけて机を持ち、教室の後方まで運んだ。

窓際に目をやると、羊本の姿がなかったので、少し動揺した。

（――大丈夫）

想星（そうせい）は自分にそう言い聞かせて教室を出た。羊本（ひつじもと）が壁を背にして立っていた。しっかりと巻いたマフラーに半分顔を埋（うず）め、手袋をつけた両手で鞄（かばん）を持っている。

「やぁ……」

想星が曖昧に声をかけると、羊本は微（かす）かにうなずいた。目の錯覚と見紛うほどの微妙なうなずき方だった。

想星は羊本の隣で後頭部を壁に軽く押しつけた。

「きょ、今日は――」

「何」

「あぁ……うん……まぁ……」

楽しみだね。

たったそれだけのことがなぜ言えないのだろう。

白森（しらもり）とモエナが教室から飛びだしてきた。

「いぇーい！」

白森は早くも興奮しきっていて、頬が上気していた。

「いぇーいって、あすみん……」

モエナは若干引いている。あたりを見回した。

「林(はやし)は？」

「すぐ来るんじゃないかと……」

想星は我ながら発した声の小ささに驚いた。囁(ささや)き声レベルの音量だった。

雪定(ゆきさだ)が教室のドアから出てきて、涼やかな笑顔で手を振ってみせた。

「みんな、お待たせ」

「え、ぜんぜん待ってないし！」

白森が笑いだした。ずいぶんテンションが高い。高いというか、ちょっと変だ。

「あすみん、昨日寝れた？」

モエナが苦笑して訊(き)くと、白森は両目をぱっちりと開いた。

「寝たーっ！」

「……あ、そうなんだ？」

「うん、すっごい楽しみすぎて、寝れないかもと思ったのに、気づいたら完全に寝落ちしちゃってて、朝まで一回も目が覚めなかったし、夢も見なかった！　めっちゃトイレ行きたくて起きたもん！」

「あすみーん……」

「ふ？　ぬぁっ！　トイレ事情は言わなくてもよかったね。でもなんかもう、自分史上初なくらい膀胱(ぼうこう)ぱんっぱんで――」

白森は手で自分の口をふさいで、目をぎゅっとつぶった。

「んにゃーっ！　何言ってんの、あたし、やばい……！」

「わははっ」

よく笑うし、いろいろな笑い方をする雪定にしても、めずらしい大笑いだった。つられて想星も噴き出しそうになった。

見れば、羊本はうつむいている。ただ下を向いているのではない。肩をわずかに震わせて何かをこらえている。

モエナが白森の腰のあたりをぽんぽんと叩いた。

「少し落ちつきなよ、あすみん。その調子じゃ着く前に疲れ果てちゃうよ」

「んん、そだね、おきとぅく」

白森は小首を傾げた。

「……あれ？　おきつく？　ん？　お……つきく？　あれ……？」

「おくちくでしょ！」

モエナは訂正しようとしたのだろうが、間違っている。

「――ぁれっ？　なんか言えない！　お、つ、き、違っ……」

「くはっ！」

雪定が腹を抱えて体をくの字に折った。もはや苦しそうだ。馬鹿みたいに笑っている。

「や、あの、おつっ――」

想星もまんまと言い間違えてしまった。その瞬間だった。何を思ったのか、羊本がぼそっと呟いた。

「おつかれ」

その一言の爆発力はすさまじかった。何がそこまで面白いのか。想星にはさっぱりわからない。もとはと言えば、たまたま白森が、おちつく、を言い損なっただけなのだ。しかし、とにかく面白くて、笑わずにはいられない。

白森は笑いすぎて真っ赤になった顔が汗ばんでいる。モエナは「やだもう！」と叫んでしゃがみこんでしまった。雪定は涙ぐんでさえいる。泣くほど笑うようなことではないのだが、どういうわけか笑えてしょうがない。笑いすぎれば泣けてもくる。

羊本は鞄を抱いて手袋を嵌めた両手で顔を覆っていた。そんなことをしても隠しようがない。彼女も笑っていた。

「よっ！　ナニナニナニ!?　どしたのどしたのどしたの!?」

ワックーこと枠谷光一郎に肩を叩かれたので、想星は経緯を説明しようとした。

「いや、その、お、おつかっ、じゃなくてっ――」

初っ端からつまずいてしまい、雪定が「ボホッ」と噴いて、白森は「きゅう！」と謎の奇声を発し、モエナが床をばんばん叩いた。羊本は、無理、という感じで頭を振った。

「ちょっ、え⁉　何⁉　何なん……⁉」

どんなことにでもとりあえず乗っかってくるワックーも、さすがに意味不明すぎるのか、あたふたしている。

「放課後とはいえ何の騒ぎなの⁉　通行の邪魔でしょう！」

蓼志奈に注意されてしまった。想星は慌てて頭を下げた。

「ごべださいっ……」

しっかり発音できなかった。この偶然の産物「ごべださい」がワックーの中で激ハマりしたらしい。

「ごべッ」

ワックーは想星を指さして、何か言おうとしたようだが、その口から噴出したのは空砲のような「ぽぉっ！」という笑い声のかたまりだった。

「ぽぉっ……」

蓼志奈は両目を瞠って口を閉じた。途端に頬が風船のごとく膨れ上がった。彼女はその状態で耐え忍ぼうとしたが、鼻孔から「ふんっ」と空気が逃げだした。決壊した。

「あぁ……！」

白森が息も絶え絶えに笑いながら絶叫した。

「し、しっ、死んじゃう……！」

その後も想星たちは数分間に亘って笑いつづけた。どうにか下駄箱に到着して靴を履き替えるまでの間にも、誰かがふと思い出し笑いをしたり、落ちつこう、と言おうとして危うく言い誤りそうになったりして、何度となく危機的な状況に見舞われた。けれども、ここは団結してなるべく笑わないようにし、学校をあとにしなければならない。その点で皆の意見は一致していた。べつに相談してそう決めたわけではないのだが、このままだときりがない。ことによると、誰かの腹筋が崩壊してしまいかねない。

「あれ?」

校門を通過したところで、ワックーが想星たちを見回した。

「そういえば、これから何かあんの?　五人一緒じゃん。何だっけ。ぽてと会?　みんなでどっか行くとか?」

「そ!」

白森が右手を高々と挙げて、指をぱちんと鳴らした。

「オーロライルミネーション!」

「えっ……」

蓼志奈がびくっとした。

(――ていうか、蓼志奈さんもいるんだ……)

想星は今ごろになって疑問を抱いた。

（そりゃいるか。いたし。そうだよ。廊下での一件以来、ずっといた。自然だったから、とくに何とも思ってなかったけど——）

「マジ!?」

ワックーは彼の隣でなぜか縮こまっている蓼志奈を一瞥して、それから想星を見た。白森やモエナ、雪定、そして、少しだけ後ろを歩いている羊本にも視線を巡らせた。

「うっわ、マジか。え？　何だろ。奇遇？　うっそ、金曜とか土曜とかじゃなくて、あえて今日？　木曜グリオラ？　すっげ。マジで偶然の一致じゃん。ね……？」

再度、ワックーに目を向けられた蓼志奈は「そっ——」と言いかけて口ごもり、下を向いた。

「……なっ、何がっ、偶然……わっ……どう……な、そっ……」

蓼志奈は何が言いたいのだろう。まったく要領をえない。どうも彼女らしくない。

「あっ」

モエナが片手で口を押さえた。

「ん？」

白森は首をひねったというより、かくっと真横に倒した。

「二人で——」

雪定が目線でワックーと蓼志奈を示した。

「どこか行くの？　どこかっていうか、奇遇ってことはオーロライルミネーションか」

蓼志奈が「ふぅっ……」と丹田に気でも送りこむかのように息を吐いた。

「うんっ！」

ワックーは歯をのぞかせて百点満点の笑みで即答した。

「じつはそうなんだよねえ。誤解招くとアレだから言っとくけど、誘ったのは俺ね。わりと強引に、しつこくね。それで、木曜だったら、七時半までに帰れるならってことで、蓼志奈さんオッケーしてくれて。そうなんだよねえ。これから俺、蓼志奈さんとグリーンベルトでオーロライルミネーション！　もうエクスキューションだよね！」

「……エクスキューションは、処刑」

羊本が小声で言った。もちろん、聞き逃すワックーではない。

「そっか、処刑か！　処刑!?　縁起でもなくね!?　俺、処刑されちゃう!?　って、言ったの俺かぁ！　いやいや、処刑はないわ。ありえないわ。処刑……しないよね、蓼志奈さん、俺のこと!?　しない……よね？」

「なぜ私があなたを処刑しないといけないのよ！　まったく馬鹿なことばかり言って――しいて言えば、それがあなたの罪なのかもしれないけど！」

「わぁーお、罪を宣告されちった！　俺、有罪かもしれん！」

ワックーは目に見えて浮き立っている。

「そっか。デートかぁ」

雪定が納得顔でうなずくと、蓼志奈が激昂した。

「デデデデデート……!? だだだ誰と誰がっ……」

「そりゃ、たでっちとワックーで——」

モエナが言い終える前に、蓼志奈は噛みついた。

「違うわ！」

むろん蓼志奈は実際に噛みついたわけではないが、モエナに詰め寄って噛みつきかねない勢いではあった。

「私と枠谷くんはただオーロライルミネーションを見に行くだけで、それは私がここ数年来、オーロライルミネーションを見ていないから、家族もそれぞれ忙しいし、そういう話を私がしたら、枠谷くんが暇だから一緒に行こうと私を誘って、木曜はとくに予定もないし、断る理由もなく断るのも失礼だと思って、それでただ私は……！」

「わかったわかった。よしよし」

モエナは蓼志奈の頭を撫でた。蓼志奈はその手を振り払った。

「撫でるな！」

「ワックー、よかったね！」

白森が手を差しだした。ワックーはそれに応えて白森とハイタッチした。

「生まれてきて、よかった……！　俺、嬉しい！　生きてるってすばらしい……！」

「それじゃ――」

羊本がマフラーで覆われた口をもごもご動かした。

「……え？　何？」

想星が尋ねると、羊本は首を横に振って目を伏せた。なんでもない、という仕種だろうが、彼女は、それじゃ、と言った。想星にはちゃんと聞こえた。

「ええ、と……何か、その、あるなら――」

「……ただ」

「う、うん。ただ……？」

「二人で」

「……二人？」

「枠谷くんと、蓼志奈さんが」

「あぁ。うん」

「だから。……二人の、ほうが」

「え……？」

「せっかくだし。……デート、なら」

「あぁ！」

合点がいったのは想星だけではないようだ。白森とモエナ、雪定も耳を澄ましていた。

「たしかに――」

雪定はそれなりに頭数がそろっている一行をざっと見た。モエナが苦笑した。

「これじゃあね……」

「だね、羊本さんの言うとおり……」

白森は手を合わせて謝った。

「ごめん、いおりん！　気が利かなくて！」

「余計なお世話だってばなのよ！」

蓼志奈は蒸気が立ちのぼりそうなほど興奮している。そのせいで語尾が乱れてしまったのだろう。

「かっ――」

ワックーが銃弾で撃ち抜かれたかのように胸を押さえた。

「かわいっ。今の……」

「な、なな何がっ⁉」

「だってばなのよっていうやつ……」

「私はそんなこと言ってないってばよ！」

「てばよっ。かわいっ……」

「――帰るっ！」

憤然と駆けだそうとした蓼志奈を白森とモエナが二人がかりで押しとどめたり、ワックーが詫びたり、雪定と、及ばずながら想星もなだめたりで、一悶着どころか二悶着くらいはあった。なんとか収拾がついてよかった。蓼志奈が本当に帰宅していたら、ワックーはたいそう意気消沈していただろう。それはあまりに気の毒だし、想星たちの士気にも影響が出ていたに違いない。

結局、断じてデートなどではない、ということに落ちついて、ひとまずグリーンベルトまでは全員で向かうことになった。想星たちは司町の駅で地下鉄に乗り、静町の駅で降りた。たった二駅なので、あっという間だった。

静町は地下鉄東西線と南北線の乗換駅で、改札を出てるとカラフルタウンと銘打たれた地下街が広がっている。地下鉄駅周辺の地域はかつてなかなかの賑わいを見せていたというが、現在は瓦町の繁華街が栄えているせいで、オフィスビルばかりが目立つ。地下鉄駅から瓦町まで抜ける中央通りの一帯はオフィス街だ。中央通りの北東に位置する市役所通り沿いには官公庁が建ち並んでいる。

想星たちは連れだって地下街カラフルタウンを歩いた。地上に出てしまってもいいが、カラフルタウンの中ほどから市役所通りに抜けられる地下道がある。まだ日没後間もなく、イルミネーションの鑑賞には早いので、多少時間を潰そうという意図もあった。

「カラフルタウン、あんまり来ないよね」

白森(しらもり)はものめずらしそうに地下街の店舗を眺めている。

「最後に来たのいつだっけなぁ」

「このへんに本屋さんなかった？」

モエナがきょろきょろしながら言うと、蓼志奈(たでしな)が前方を指さした。

「書店はあっち。逆側よ」

「あ、そっか。たでっちはカラフルタウン、来ることある？」

「本を探しに、たまにだけど」

「たでっち、本好きだもんね」

「え？　探すって？　本？　図書館とか行くんじゃなくて？　どういうこと？」

ワックーが口を挟んだ。

「書店によって品揃(しなぞろ)えが違うでしょう」

蓼志奈は少々むっとしている。

「目的の本を見つけるために、市内にある書店を回るのよ」

「ほえぇー！　それ、大変じゃね!?　てか、むしろ大変だからいいのか！」

「まあ、そうね……」

「おれはネットで買っちゃうな」

雪定(ゆきさだ)がスマホを操作するような手つきをして見せた。

「ほとんど電子書籍」

「私は断然、紙の書籍派なの。紙に印刷された本のほうが記憶の定着率が高いっていう研究もあるようだし。本を手に持って読むっていう、一連の手続き自体に意味があると、私は思っているから」

「あたしも紙のほうがいいかなぁ」

白森が熱心にうなずいた。

「ほとんどマンガしか読まないんだけどね。スマホだと、ちっちゃくない？　絵とか、細かいところまで見えなかったりするし」

「拡大すればよくない？」

モエナが人差し指と親指でピンチアウトする仕種(しぐさ)をした。白森は顔をしかめた。

「いちいち、めんどくない？　それに、拡大とかしてると、流れ？　みたいなのが途切れるっていうか」

「流れは大切ね」

「だよね！　いおりん、気が合う！」

「俺も、俺も！　そうとう流れを重視する派なんで！　俺とも気が合うってことだよね、蓼志奈さん！」

すかさず割りこんだワックーを、蓼志奈は眉間に縦皺を刻んで睨みつけた。

「どうかしら……」

「合うよ。合うって。合わなくても合わせるしね？　何しろ俺、人間柔軟剤の異名をとってるから」

「言っておくけど、柔軟剤は洗濯物を柔軟に仕上げるための油剤よ」

「ええっ？　てことは、俺のほうが相手を柔軟にしちゃうっていう……？」

「いいんじゃない？」

モエナは含み笑いをした。

「たでっち、堅物だもん。少しやわかくなったほうが生きやすいよ、きっと」

「誰が堅物よ！」

「あ——」

羊本がごくごく小さな声をこぼした。何事かと思い、想星は彼女の視線の先に目を向けた。彼女は向かって右側の少し前方にある店を見ているようだ。

目が合った。彼女は何かを見つけた。ある店が彼女の注意を引いたのだ。それが何の店で、なぜ彼女が興味を持ったのか。想星にはおおよそ見当がついていた。彼女がその店を指し示したら、皆の間で話題になるだろう。彼女もそうした展開を思い描いたかもしれない。ただ、口には出せない。その気持ちもなんとなくだが理解できた。

「あっ！」

白森がその店を指さした。

「林、おにぎり屋さん！　林、おにぎり好きなんだよね！」

「ほんとだ」

雪定は吸い寄せられるようにその店に近づいていった。

想星は羊本の様子を確かめた。マフラーが彼女の口許を隠している。目つきくらいしか見てとることができない。彼女は何を思い、どう感じているのだろう。険しい表情ではない。ほっとしている。そんなふうにも見える。彼女はどうしても言いだせなかった。けれども、白森がその店を見つけてくれた。おかげで見逃す羽目にならず、安堵している。そういうことなのだろうか。

「うまそうだなぁ」

雪定は身を屈めて多種多様なおにぎりが並ぶショーケースをのぞきこんでいる。白森とモエナも雪定の両隣に並んだ。

「うぁ、林、あるよ、チーズおかか！」

「できたて!?　これって、できたてですか!?」

モエナが訊くと、店員の女性が、少し前に握ったばかりなので、まだあたたかい、と教えてくれた。

「蓼志奈さん！　俺らも見てみよ！」

　ワックーが蓼志奈をうながし、二人もショーケースに詰め寄せた。

　想星は羊本に声をかけようとした。その必要はなかった。羊本は店の前にたかる雪定たちに自分から歩み寄っていった。しっかりと距離をとっているが、同級生たちの間からショーケースの中身を確認している。

「やっばい……」

　モエナが腹部を押さえた。

「腹の虫が鳴きはじめた。屋台で食べまくるつもりだったけど、これはちょっと我慢できないかもしれん……」

　白森は深々とため息をついた。

「見ちゃうと食べたくなるよねぇ。でも、一個一個おっきいなぁ。どのおにぎりも。これ食べたら、他、食べられなくなっちゃうかなぁ。だけど、おいしそう……」

「いや、そこは大丈夫。おにぎりだから。心配しなくていいよ」

　雪定が平然というか超然と謎理論を振りかざしはじめた。

「おにぎりはいくらでも食べられるからね。もともとおにぎりは消化にいいから、食べれば食べるだけ消化が促進されて、かえっておなかがすくんだよね。だから、どんどん食べられるよ。ところで、こんなにもおいしいのに、おにぎりが全世界に広まらない理由って知ってる？　それはね、食糧危機を招きかねないからなんだ。だって、ひとたびおにぎりの味を覚えてしまったが最後、みんな際限なく食べまくるからね。おにぎりは世界を破滅に導く最終兵器かもしれないんだ。でも、それだけおいしいわけだから、食べられるときは食べるべきだと思う。もう食べないわけにはいかないよね。おれはすじことツナと、やっぱりチーズおかかにしようかな」

「三個もいくの!?」

白森がびっくりして跳ねた。雪定はいささか苦しげだ。

「そうだね。断腸の思いで三個にしておく。本当は五個でも十個でも、何個でもいけるんだけどね。今日のところは三個かな。また来ればいいし。まあ、これからオーロライルミネーションだしね」

「……いやあ、あたしはじゃあ、二個――」

モエナは身悶(みもだ)えた。

「だめだめ、一個！　さすがにこのサイズ二個だと、本気の食事感が漂うし。あくまでも、おやつなんだから。しょうがない。一個……」

「俺はね、俺はね、具なし！　塩おにぎり一個お願いしゃーす……！」

ワックーが女性店員に注文すると、雪定がカッと目を見開いた。

「やるな、ワックー。わかってるね」

「ヘッ！」

ワックーは親指を立てて片目をつぶって見せた。それから手早く支払いを済ませ、透明のフィルムに包まれた状態の塩おにぎりを受けとる。間髪を容れずフィルムを剥いて、かぶりついた。

「早っ……」

蓼志奈がドン引きして半歩あとずさった。

「んんんんっ……！」

ワックーは唸り、さらにガブッ、ガブッといって、なかなか大ぶりなおにぎりを五口で食べてしまった。

「――んんめぇぇぇいっ……！　日本人でよかったぁ！　美味を超越した根源の味！　エナジードリンクより効っくわぁぁーっ……！」

「くっ……！」

辛抱たまらなくなったのか、モエナが背伸びしてショーケースの上に身を乗りだした。

「うめと――だめっ、うめ一つ！　お願いします！」

「あたしはたらこ！」

白森は人差し指を立てて頼んでから、振り返った。

「羊本さんは？　たらこ、いっちゃう？　しばらく食べてないんだっけ」

交換日記で雪定（ゆきさだ）がおにぎりの具に関する質問をした。羊本の回答は、おにぎりはたらこ、だった。白森はそれを覚えていたのだろう。想星（そうせい）も忘れていたわけではない。ただ、ぱっと出てこなかった。それがほんの少し悔しかった。

羊本は虚を衝（つ）かれたように二秒間くらいぼんやりしていた。そのあとで、うなずくというより頭をすっと沈ませた。肯定した。それは明白だった。しかし、彼女は何を肯定したのか。しばらく食べていない、という部分に対してか。それとも、その前段か。

白森が問いを重ねてはっきりさせるより早く、羊本が言った。

「食べる」

吐息に声の成分をひそませるようにして話すことが多い彼女にしては、かなり明瞭な発声だった。

「わたしは、たらこを一つ」

「うん！」

白森は女性店員に向き直った。

「たらこ、二つお願いします！」

羊本がまごまごしはじめた。白森が迷わずたらこおにぎり二つ分の代金を支払うのを見て、対処に困ったのだろう。何はともあれ、お金を用意することにしたようだ。羊本は鞄（かばん）の中から三つ折りの財布を出し、料金表示を確かめて、数枚の小銭を取りだした。

「はい、羊本さん」

白森が透明のフィルムで包んだおにぎりを一つ、羊本に手渡そうとした。

羊本はまるで断崖絶壁の縁に立っているかのようだった。大いに緊張している。手袋をつけているから問題はないはずだ。それでも気がかりなのだろう。

白森が訝しんで小首を傾げた。その瞬間、羊本は白森の手から素早くおにぎりをかっさらった。

呆気にとられている白森に、羊本が告げた。

「手を」

「……手？」

白森は今の今までおにぎりを持っていた手を裏返し、掌を上に向けた。羊本がその掌の上に人間業とは思えない速度で小銭をのせた。

「ほっ――」

白森は小銭がのった掌に顔を近づけた。寄り目になっている。

羊本は鞄を肘に掛け、両手で押しいただくようにしておにぎりを持っていた。

「ありがとう」

「……ううん」

白森は首を横に振った。そうしてから、目を細めて笑顔になった。

蓼志奈は帰宅後に晩ご飯が食べられなくなるという理由でおにぎりを買わなかった。想星は紅鮭にした。地下街を歩きながら食べるのは行儀が悪い。グリーンベルトまで持ってゆくという手もあるが、せっかく握りたてだというし、あたたかいうちに食べたほうがいいだろう。そのおにぎり屋には、こぢんまりとしたイートインスペースがあった。想星たちはそこでおにぎりを食べた。すでに塩おにぎりを一つ完食しているワックーは、蓼志奈と何か話していたが、想星たちを見て食欲をそそられたのか、チーズおかかを追加で購入し、やはり五口程度で食べてしまった。

羊本は口を小さく開け、リズミカルにたらこおにぎりをついばんだ。何度かついばむと、口を閉じて咀嚼した。

「たらこ、おいしいねぇ！」

白森がそう同意を求めると、羊本は真顔でたらこおにぎりを噛みしめながら二回、三回とうなずいた。

想星たちはおにぎり屋を出て、カラフルタウンの中間あたりから市役所通りに向かう地下道に入った。地下道を通り抜けて階段を上がると、外はもうだいぶ暗くなっていた。気温も下がっていて、想星たちは白い息をしゃぼん玉のように浮かべながらグリーンベルトを目指した。

行く手にイルミネーションが見えてくると、ワックーが騒ぎだした。

「見よぉーっ！　エブリワンッ！　あれこそ我らが求める光じゃーっ……！」

「はしゃぎすぎよ！　恥ずかしくないの!?」

蓼志奈にぱしっと肩を叩かれて、ワックーは狂喜乱舞した。

「うっひょー！　蓼志奈さんにツッコんでもらって、恥ずかしいどころか俺、最高！」

「あー、でも、きれいだねぇ！」

白森の目が星空を宿したように輝いている。

「色がすごいよ！　赤とか青とか緑とか白とか！」

「ていうか、オーロライルミネーションってこんな豪華だったっけ？」

モエナは寒いのか、右腕を白森の左腕に絡め、ぴったりとくっついて歩いている。

「なんとなく、もっとしょぼかったような……」

「おれ、ちょっと調べたんだけど、年々少しずつ、光のオブジェが増えてるらしいよ」

雪定が言うには、数年前、新進気鋭の彫刻家がイルミネーションを使った期間限定のモニュメントを制作した。それ以来、若手の美術家グループや市内出身の彫刻家らが、様々な光のオブジェを展示するようになったのだという。そうした光のオブジェはＳＮＳでも多く紹介され、好評を博しているのだとか。

いよいよグリーンベルトに到着すると、光り輝く門が想星たちを出迎えた。グリーンベルトの区画全体が青いイルミネーションでぼんやりと浮き上がって見える。光の門をくぐれば、その先がオーロライルミネーションの会場だ。

「中に入ると……──」

想星は言葉を失った。オーロライルミネーションの期間中に、グリーンベルト付近で仕事をしたことはある。その際、会場を外から見た。ずいぶん光っているな、と思った記憶はあるが、その程度でしかない。しかし、会場の中に足を踏み入れると、そこは別世界だった。会場内にイルミネーション以外の電灯はない。普段は市民が自由に利用できる広場なので、それなりの数の外灯が設置されているが、すべて消えている。イルミネーションのLEDライトは、周囲を照らすほど強い光を放ってはいない。そのため、これだけイルミネーションに囲まれていても、足許(あしもと)がよく見えない。暗いのに、色とりどりの光が満ち溢(あふ)れているのだ。

光の花があちこちに咲いていた。

巨大なクマの人形を象(かたど)ったイルミネーションがあった。

広場の噴水は、どういう仕掛けによるものか、水ではなく光が噴きだしていた。

芝生をキャンバスにして光の絵の具で描かれた図案は静止画だけでなく、動画の場合もあった。

オーロラズーと称する一角では、イルミネーションでライオンやトラ、キリン、ゾウなどの動物たちが立体的に表現されていた。

どれもこれも趣向が凝らされていてすばらしいが、圧巻はオーロライルミネーションのシンボルである光の塔だ。

塔と名づけられてはいるが、何でもモチーフは世界樹らしい。世界樹は天を支え、天界から地下まで通じる。あるいは、一本の大樹が世界そのものなのだという。もちろん、実在はしない。あくまでも神話上の存在、もしくは概念だ。

光の塔は高さ二十メートルの巨大傘のような形をしている。クリスマスツリーに似ていなくもないが、樅（もみ）の木（き）を飾り立てるのではなく、この催しのためだけに構築された金属の骨組みにイルミネーションを施しているので、趣はだいぶ異なる。

光の塔の傘の下に入ると、無数の星屑（ほしくず）が降り注いでくるような錯覚に襲われた。イルミネーションの一部が固定されておらず、絶えず揺れ動いている。迫力がすごい。見えないが、高いところに風鈴のようなものが吊（つる）されているようで、しゃらしゃらと音がする。これは星が降る音なのだと説明されたら、思わず納得してしまいそうだ。

白森（しらもり）がぴょんぴょん跳ねて手をのばした。

「さわれそうでさわれない！」

「ほんと！」

モエナは爪先立ちになって両手を真上に差しむけた。

蓼志奈（たでしな）は少し口を開けて、光の塔のきらめきに見入っている。

ワックーは上ではなく横を向いていた。蓼志奈を一心に眺めている。

「あなにえや――」

想星の隣で雪定が呟いた。

「え？」

想星が首をひねると、雪定はちょっとだけ肩をすくめて微笑んだ。

「なんと美しいことだろう、みたいな意味だよ」

「……へえ」

「昔の言葉」

「古文で習った？」

「どうだったかな」

「何、それ」

想星は笑った。雪定は冗談なのかどうか、よくわからない顔をしている。

羊本は想星たちから少し離れたところで降り注ぐような光を見上げていた。離れているといっても二メートル足らずだし、一人ぽつんと佇んでいるような印象は受けない。彼女はマフラーを顎まで押し下げて、顔を右や左に傾けたり、まばたきをしたりしていた。イルミネーションの絶妙な演出がもたらす錯覚を不思議がり、神秘の源を探りあてようとでもしているかのようだ。

あどけない表情だった。彼女は自分の目の前で、手袋をつけた左手を振った。そうすることで、見えないものが見えるようになり、謎が一つ解けることを期待したのだろうか。ただ何げなくそうしただけなのかもしれない。

「羊本さん」

想星が声をかけたから、彼女はこちらを向いたのではない。それよりも早く、彼女は想星を見た。

「わたし――」

彼女は降り注ぐ光の中にいた。彼女はその数えきれない光をゆっくりと見回した。有限とはとても思えない光の一つ一つを、彼女は胸に刻みこもうとしていた。たぶん、光だけではない。今ここにあるすべてを。

「この景色を一生忘れない」

「僕も」

想星はうなずいた。

どうしてか浮彦の顔が浮かんだ。

浮彦はあの暗闇の中で死んだ。想星が手にかけた。浮彦は死ぬ前に片腕を失い、両耳を切り落とされ、左の眼球を剔りぬかれていた。あのときの浮彦ではない。誰にも傷つけられておらず、元気だったころの浮彦が、なぜか思い浮かんだ。

本当は浮彦が生き延びるべきだった。あのとき浮彦は、想星に自分を殺させるのではなく、想星を殺せばよかった。たしかに浮彦は瀕死の重傷を負っていた。しかし、そんなことはどうだってよかった。想星を殺せば解決した。そのあと一度死ねば怪我など治ってしまう。ただ命を一つ失うだけだ。

高良縊想星の人生は自分自身のものではない。想星はそう感じてきた。本来は浮彦のためにある人生だった。それを間違って想星が生きている。いつか浮彦に返したい。けれども、その方法がどうしてもわからない。

ずっと浮彦に申し訳なかった。

自分のように不出来な人間が生き残るべきではなかったのだ。

(でも、浮彦、僕は――)

一生忘れない景色に彼女が出会った。

彼女と巡りあい、この一瞬が想星に訪れた。

(よかったと思ってる。浮彦の代わりに生きてきて、本当によかった。僕のことを許して欲しいなんて、言えないけど――)

光の塔の下は出入り自由だった。オーロライルミネーションのシンボルなだけあって、次第に人が多くなってきた。

「そうだ、ね、みんなで写真撮らない!?」

白森がスマホを持った手を振って呼びかけた。

想星は羊本と目を見あわせた。羊本は歩きだした。撮影に応じるつもりのようだ。少々意外だった。羊本の肩越しに何かを見かけたのはそのときだった。何かというか誰かだった。あの髪型。マッシュルームカットだ。オーバーサイズのダウンコートを着ている。近い。羊本はその人物に背を向けている。羊本とその人物との距離は五メートルに満たない。なぜこんなに接近されるまで気づかなかったのか。マッシュルームカットの人物が着ているダウンコートはフード付きだ。おそらく、フードを被った状態で光の塔の下に入ってきたのだろう。そしてフードを外し、あの特徴的なマッシュルームカットが想星の目に入った。髪型だけではない。顔立ちもしっかりと記憶している。

「木野下――」

想星が呟くと、羊本は足を止めた。でも、どうして。木野下璃亜武。木野下は双子だった。男女の二卵性双生なのだろう。想星は兄の璃亜武を仕留め、妹にはしてやられたが、羊本に助けられた。兄の死体は発見されていないが、殺したのは間違いない。想星にはわかる。命を奪えば感じるのだ。

木野下は無表情だった。何も言わなかった。黙然とさらに二歩、三歩と大股で前進しながら、左手でダウンコートのファスナーを開けた。右手には何か短い棒のようなものを持っている。まさか武器のたぐいなのか。それだけではない。

木野下はダウンコートの下に異様な物体を身につけていた。縦にした筒状のものをいくつも連ねて、腹部に固定している。その筒状のものから出るコードが、何らかの装置に接続されていた。装置上のディスプレイに赤い数字がデジタル表示されている。数字は四つだ。四桁か。違う。二重点（コロン）が数字を区切っている。それは00：04と読めた。時間だろうか。

次の瞬間、00：03に変わった。三分ではない。残り三秒だ。

112 LIVES LEFT

CONTINUE?

あとがき

３巻の構想を練っていて、この展開を考えついたときは、これはおもしろいことになりそうだと胸が躍りました。

僕はどちらかと言えば淡々と、というか、あまり元気がない人間なので、なるべく音を立てずに地べたを這い進むようにして生きているのですが、そういう人間にしては興奮していたような気がします。

担当さんと表紙の相談をして、案がまとまり、ＢＵＮＢＵＮさんから絵が上がってきて、デザインが固まってくると、出来上がりが楽しみで仕方なくなってきました。

物語はちょっとだけ不穏な方向に進もうとしていますが、この先について幾通りかの腹案がすでにありますし、実はもう勝手に続きを書きはじめていたりもします。

それでは、担当編集者の鈴木さん、ＢＵＮＢＵＮさん、デザイナーの草野剛さん、本書の制作に関わったすべての方々と、この小説を読んでくださっている皆さんにたくさんの感謝と愛をこめつつ、ひとまず筆を置きます。次巻でまたお会いできたら嬉しいです。

十文字青

恋は暗黒。3

2023年5月25日　初版発行

著者　十文字青

発行者　山下直久

発行　株式会社KADOKAWA
〒102-8177 東京都千代田区富士見2-13-3
0570-002-301（ナビダイヤル）

印刷　株式会社広済堂ネクスト

製本　株式会社広済堂ネクスト

Printed in Japan　ISBN 978-4-04-682406-6 C0193

◇◇◇

【ファンレター、作品のご感想をお待ちしています】
〒102-0071 東京都千代田区富士見2-13-12
株式会社KADOKAWA　MF文庫J編集部気付「十文字青先生」係「BUNBUN先生」係